AUTO DA BARCA DO INFERNO

GIL VICENTE

AUTO DA BARCA DO INFERNO

Introdução, notas e fixação de texto
JANE TUTIKIAN

www.lpm.com.br
L&PM POCKET

Coleção **L&PM** POCKET, vol. 463

Texto da introdução e notas de acordo com a nova ortografia.
Texto de Gil Vicente de acordo com a grafia original.

Primeira edição na Coleção **L&PM** POCKET: agosto de 2005
Esta reimpressão: junho de 2022

Introdução, notas e fixação de texto: Jane Tutikian
Capa: Marco Cena
Revisão: Renato Deitos e Jó Saldanha

V632a

Vicente, Gil, 1465-1537
Auto da barca do Inferno / Gil Vicente. – Porto Alegre: L&PM, 2022
80 p. ; 18 cm. – (Coleção L&PM POCKET, v. 463)

ISBN: 978-85-254-1445-8

1.Literatura portuguesa-Teatro satírico-Gil Vicente.
I.Título. II.Série.

CDU 821.134.3-225

Catalogação elaborada por Izabel A. Merlo, CRB 10/329

Rua Comendador Coruja, 314, loja 9 – Floresta – 90.220-180
Porto Alegre – RS – Brasil / Fone: 51.3225.5777

Pedidos & Depto. comercial: vendas@lpm.com.br
Fale conosco: info@lpm.com.br
www.lpm.com.br

Impresso no Brasil
Inverno de 2022

INTRODUÇÃO

Jane Tutikian[1]

A criação dramática em Gil Vicente

Gil Vicente representa a transição entre a Idade Média e o Período Clássico.

Figura verdadeiramente genial, pouco se sabe dele até 1502. Diz-se que nasceu em 1465 ou 1466 e morreu entre 1536 e 1540. Não se sabe a profissão nem a condição social de Gil Vicente. Se, por um lado, pensa-se em uma origem popular e burguesa, por outro, pensa-se ser a mesma pessoa o ourives que cinzelou a custódia de Belém com o ouro trazido de Quiloa por Vasco da Gama, em 1503 e, se for, era um homem rico, o que gera uma contradição na medida em que o Gil Vicente dos autos se declara pobre.

Recentemente, comprovou-se a existência de um contemporâneo Gil Vicente, alfaiate, que, em 1504, fez uma espécie de representação para a festividade do Corpo de Deus e que foi procurador dos "mesteres" na Câmara de Lisboa. Ainda assim, a hipótese anterior é mais aceita, isso porque foi encontrada, na margem do documento que nomeia Gil Vicente Mestre da Balança

1. Jane Tutikian é doutora em Literatura Comparada pela Universidade Federal do Rio Grande do Sul (UFRGS) com pós-doutorado na Pontifícia Universidade Católica do Rio Grande do Sul.

da Casa da Moeda de Lisboa, a inscrição: "Gil Vicente, trovador, Mestre da Balança".

No século XVI, surge a ideia de Gil Vicente como "mestre da retórica" do, então, futuro rei D. Manuel. Há, ainda, a figura de um mestre carpinteiro homônimo do século XV.

Nada pode ser comprovado, pois Vicente era um nome comum à época até porque S. Vicente é o patrono de Lisboa.

O que se sabe é que foi colaborador do *Cancioneiro geral* de Garcia de Resende, que já menciona, em *Miscelânia,* a atividade teatral vicentina entre os notáveis acontecimentos daquele tempo.

Foi em 7 de junho de 1502 que Gil Vicente apresentou, na câmara de Dona Maria de Castela, esposa de Dom Manuel, o Venturoso, em comemoração ao nascimento de D. João III, o *Auto da visitação,* também chamado de *Monólogo do vaqueiro,* em que um simples homem do campo expressa sua alegria pelo nascimento do herdeiro, desejando-lhe felicidades.

Escrita em castelhano, à moda de Juan del Encina, essa constitui a peça inaugural do teatro português. Antes de Gil Vicente, o que havia eram os momos, os arremedillhos e os entremezes, todos quadros ou esquetes de caráter anedótico, e, ainda, as encenações religiosas, bíblicas ou litúrgicas. Tudo muito rudimentar, muito singelo, sem que se possa encontrar, aí, uma verdadeira intenção teatral.

Como o *Auto da visitação* tivesse impressionado os reis e a corte, lhe é solicitado que recite, novamente, a peça no Natal. Em vez de o fazer, Gil Vicente apresenta em seu lugar o *Auto pastoril castelhano,* dando início a uma vasta produção, dentro do teatro popular, em que atua por mais de trinta anos, até 1536, quando é representada *Floresta de enganos*. Nesse período, teria sido uma espécie de organizador dos espetáculos e festas palacianas.

Depois dessa data, novamente mergulha-se no mistério: não há mais notícias suas. Sabe-se, apenas, que preparava uma edição de sua obra quando faleceu.

Gil Vicente escreveu quarenta e seis peças entre satíricas, medievais, modernas, comédias e farsas como: *Auto da alma*, *Auto da barca do Inferno*, *Farsa de Inês Pereira*, *Quem tem farelos?*, *Auto da fé*, *Auto da Lusitânia*, *Auto da alma*, entre outros. Alguns de seus autos foram publicados, à época, em folhetos de cordel que depois foram reeditados.

Algumas dessas edições – entre elas o *Auto da barca do Inferno* – foram proibidas pela Inquisição. Foi em 1562 que Luís Vicente, seu filho, publicou a *Copilaçam de todalas peças de Gil Vicente*. Ainda que incompleta e com alterações em vários textos, essa compilação foi protegida pela viúva de D. João III.

Como homem de transição, Vicente viveu o mais extraordinário momento da vida portuguesa. Era o auge do período manuelino. No reinado de D. Manuel, o Venturoso, em 1498, Vasco da Gama ultrapassara o Cabo das Tormentas, inaugurando a rota comercial em direção às especiarias orientais; em 1500, houve o descobrimento do Brasil; nos anos seguintes, as cidades de Lisboa e Porto transformaram-se em grandes centros comerciais (Lisboa passa a ser a capital mundial da pimenta). O processo de urbanização torna-se intenso, o lucro mostra-se aparentemente fácil, o campo é abandonado. Há todo um ambiente intelectual renovador e agitado no primeiro terço do século XVI, de que Portugal não passa à margem.

Assim, Gil Vicente não remonta à antiguidade clássica, opção estética do Renascimento, mas também não faz seu texto portador do nacionalismo ufanista do seu tempo. Por outro lado, se tem as suas fontes em valores tradicionais dispersos legados pela Idade Média, como afirma António José Saraiva, não deixa de participar – quer nos elementos estéticos, quer nos elementos ideológicos – de uma incipiente atmosfera humanista e renascentista. Quer dizer, ao lado de algumas características tipicamente medievais, como a religiosidade, o uso de alegorias, o uso de redondilhas, a não obediência às três unidades do teatro clássico, percebem-se características humanistas, tais como a presença de figuras mitológicas, a condenação à perseguição aos judeus e cristãos-novos (de acordo com a política de assimilação tolerante de D. Manuel) e a crítica social.

Essas questões talvez expliquem o fato de o teatro vicentino se apresentar muito variado nas suas formas: o auto pastoril (caracterizado por monólogos ou diálogos cômicos de pastores, com traços de lirismo folclórico, às vezes combinados com alegorias); a moralidade religiosa (com seu tema da redenção, com figuras teológicas, como as que narram o nascimento ou a ressurreição de Cristo ou, numa outra feição, mais alegórica, dão um ensinamento religioso ou moral através de personagens feitas de abstrações personificadas, como os vícios e as virtudes); a narrativa bíblica (contando a vida dos santos); a fantasia alegórica (mais tarde chamada de tragicomédia); a farsa episódica (gênero eminentemente popular, com intenção satírica); e, ainda, o auto narrativo (espécie de contos e romances transpostos para o teatro).

É bom lembrar que essa classificação é meramente didática, na medida em que não há forma pura, por exemplo: o auto pastoril e a moralidade, não raras vezes, andam juntos, assim como a fantasia alegórica de tema religioso e a de tema profano. O *Auto da barca do Inferno*, por exemplo, tem como propósito a sátira social, aí, a religião serve de pretexto para a sátira profana.

Considerando-se, entretanto, a estrutura cênica, pode-se dizer que a criação dramática vicentina atua sobre dois polos: o auto narrativo (ou de enredo) e a alegoria (uma vez que ela emoldura uma série de quadros. Veja-se, por exemplo, o *Auto da barca do Inferno,* onde cada entrada em cena de um novo personagem configura um novo quadro aparentemente independente, unido apenas pela alegoria).

O auto narrativo é o que mais se aproxima hoje do teatro tal qual o concebemos; entretanto, não encontramos nele a unidade de ação. A unidade da peça reside, em geral, na personagem que serve de eixo propulsor às diversas ações. É o caso, por exemplo, da Inês Pereira de *A farsa de Inês Pereira,* que se revela em seus dois namoros e casamentos sucessivos. O tempo passa, vem a noite, vem o dia, e em momento algum ela sai de cena.

A estrutura mais comum, porém, a que integra o maior número de elementos vicentinos é a do auto alegórico, que, talvez, melhor represente a sua concepção de criação dramática. É o caso do *Auto da barca do Inferno*.

Diz-se que os anos 1517-1519 marcam o apogeu da moralidade religiosa em Gil Vicente. É o período em que escreve a série das três barcas: do Inferno, da Glória e do Paraíso. Ainda, assim, delas, a obra-prima é a primeira.

O *Auto da barca do Inferno* é composto de um único ato e cenas sustentadas pelo diálogo do Diabo com as demais personagens e do Anjo com as demais personagens. A ação gira em torno de um cais de embarque para um outro mundo onde os castigos e as recompensas serão distribuídos. O espaço do auto é irreal, alegórico, a margem de um rio com duas barcas prestes a partir: uma delas, conduzida por um Anjo, leva ao Paraíso, a outra, conduzida por um Diabo, leva ao Inferno, num tempo igualmente irreal, o pós-morte, sem duração precisa.

Note-se que o tema das barcas não constitui inovação vicentina, ele faz parte do temário tradicional da literatura medieval religiosa, remontando à tradição clássica da barca de Caronte, que, segundo a mitologia, é o barqueiro dos Infernos, e, para penetrar no reino dos mortos, as almas têm de atravessar o Aqueronte na barca que ele guia.

No auto vicentino, várias personagens vão chegando: são aquelas que acabam de morrer. Aparecem sucessivamente um Fidalgo acompanhado pelo seu Moço, que traz uma cadeira; um Usurário com uma grande bolsa; um Parvo; um Sapateiro carregado de formas; um Frade, armado com uma espada e um escudo, trazendo a amante pela mão; uma Alcoviteira carregada com “seiscentos virgos postiços / e três arcas de feitiços”; um Judeu com um bode às costas; um Corregedor com processos, seguido por um Procurador com livros; um homem que acaba de morrer enforcado e que vem ainda com a corda ao pescoço. Todas essas personagens vão para o Inferno, com exceção do Parvo, que é salvo pela sua ingenuidade e que fica na margem (o que alguns estudiosos leem como o Purgatório), esperando a vez de ser admitido no Paraíso, e com exceção, também, dos quatro cavaleiros de Deus, que morreram nas Cruzadas e que, por força da “bula de cruzada”, como cavaleiros que haviam morrido lutando na Guerra Santa, tinham direito ao Paraíso e são imediatamente acolhidos na Barca da Glória.

Nem o parvo nem os cavaleiros trazem nada da vida terrena. Isso porque os objetos que as demais personagens portam consigo representam, simbolicamente, seus vícios e seus pecados e a continuidade da vida em pecado.

A construção das cenas é simétrica. Todas têm mesma estrutura: chegada/ diálogo com o diabo/ tentativa de embarque na Barca da Glória/ recusa do Anjo/ embarque na Barca do Inferno. As cenas, interligadas, forjam um enredo que, de fato, não existe.

Se o Anjo e o Diabo prejulgam, antes do julgamento final, antes da travessia do braço de mar, e, aí, o Anjo tem também papel acusador (o anjo vicentino é, na verdade, muito duro, fugindo ao imaginário comum), a grande maioria (exceção feita ao parvo e aos quatro cruzados) é condenada.

Não há discussão. Não há arrependimento. Mas também não há monotonia, e isso pela própria capacidade inventiva de Gil Vicente, que chega a colocar as personagens de uma cena em contato com as de outra.

Note-se que não há, no geral, na criação dramática de Gil Vicente, o conflito de caracteres. Isso se deve ao fato de se revelar muito mais como um teatro polêmico, um teatro de ideias (participando do debate de ideias que agita a primeira metade do século XVI, assumindo a forma de discussão teológica, coincidindo, em alguns pontos, com a crítica reformadora de Erasmo (*Elogio à Loucura,* 1501), que critica não a fé, mas a Igreja, e revelando a inspiração franciscana e a crença na ordem da natureza que obedece a leis constantes) – e como um teatro de sátira social (desenvolvido através de uma imensa galeria de tipos que servem de instrumento para a condenação de determinados padrões de comportamento e que servem também para desvendar e desmitificar o funcionamento da sociedade da sua época).

É nesta última faceta de seu teatro – o teatro de costumes – que Gil Vicente vai exercitar toda a sua genialidade.

A galeria de personagens vicentinos é enorme. Temos aí os humanos (o povo, o fidalgo, o juiz...); os fantásticos (frutos da imaginação, a personificação das estações, os deuses pagãos...); os alegóricos (a virtude, o pecado, Roma, a mentira); e, ainda, os teológicos (anjo, diabo, alma.). Saraiva coloca, também, como especial, o parvo, o *alter-ego,* o portador das ideias mais íntimas de Gil Vicente.

A psicologia de suas personagens é uma psicologia de grupo social que as transforma em tipos transindividuais; elas são caricaturais sem perder a força da presença, com as noções lógicas das coisas naturais, e são portadoras da mentalidade e do comportamento dos grupos que representam.

Analisemos o que afirmamos no *Auto da barca do Inferno*. Tomemos como exemplo o embarque de Brísida, a alcoviteira, que se diz "apostolada", "anjelada" e "martelada" e que apresenta como argumento ainda maior, para entrar na Barca da Glória, o fato de ter dedicado sua vida à missão "mui divina" de preparar as meninas para os cônegos da Sé. Ela representa a submissão aos valores impostos pela classe dominante e, mais do que isso, a assimilação desses valores como sendo autênticos. Nesse sentido, ela é parte colaboradora para aquele tipo de funcionamento da sociedade.

Se analisarmos o embarque do padre e sua amante, veremos que, ao tentar fazer valer o "peso de sua batina" para entrar na Barca da Glória, o "valente e mundano padre" é, na verdade, portador, num plano subjacente, da contraposição entre valores morais e religiosos e valores imorais e amorais da vida terrena e da época, numa arrojada desmistificação do clero.

Aliás, o tipo mais comumente satirizado por Gil Vicente é do clero, é o frade que se entrega a amores proibidos (chegando a enlouquecer de amor), à ganância na venda de indulgências, ao exagerado misticismo, ao mundanismo, à depravação dos costumes. Mas criticou também bispos, cardeais e papas. Criticou também aqueles que, invocando Deus, solicitavam favores pessoais; e os que assistiam à missa por obrigação social.

Retomando o *Auto da barca do Inferno*, outra passagem que caracteriza bem o teatro e as personagens vicentinas, sua visão e sua intenção diante da criação é o embarque do fidalgo, e, aí, a palavra núcleo vem pelo Anjo: "tirania". O Anjo personifica no fidalgo a tirania e, em o fazendo, caracteriza de forma contundente todo o jogo de poder em que, detendo valores materiais, a riqueza, as terras, a propriedade, estabelece as regras.

Na verdade, a baixa nobreza representada pelo fidalgo decadente e pelo escudeiro é insistentemente criticada pelo autor. Por outro lado, o teatro vicentino satiriza o povo que abandona o campo em direção à cidade ou mesmo aqueles que sempre viveram na cidade, mas que, em ambos os casos, se deixam corromper pela perspectiva do lucro fácil.

Na criação de Gil Vicente, só se salva dos ataques um tipo, o camponês, a grande vítima da exploração de toda a estrutura social, uma personagem patética que trabalha até a total extenuação e que tem o fruto do seu trabalho roubado pelos frades ou pelos cobradores de rendas.

É interessante notar que essa condição miserável do camponês – sustentáculo dos privilégios feudais – desperta um sentimento muito forte no autor, um sentimento mesmo de sinceridade, de tal forma que essa figura termina sendo o grande contraponto do riso colocado através das outras camadas sociais.

Os tipos vicentinos – na maioria das vezes identificados pela profissão e não pelo nome – abrangem o conjunto da sociedade portuguesa de sua época, o que torna a sua uma obra de combate ideológico, mas a sua crítica à sociedade feudal tem um caráter eminentemente moralista, e não oferece para ela qualquer outra alternativa.

Abre-se aqui um parênteses para o dado histórico: apesar de a revolução popular do século anterior (a que colocara D. João, mestre de Avis, no trono) ter sido vitoriosa, o clero e a nobreza, proprietários de grandes extensões de terra, começavam, novamente, a subjugar o povo e especialmente a classe campesina.

Sob a aparência de uma aristocracia austera, escondia-se uma classe acomodada, alienada em relação aos problemas do povo, como forma de manter o domínio, e absolutamente marcada pela corrupção, pela degradação moral, por valores inautênticos, por uma linguagem pervertida e pela essencialidade colocada sobre o valor material, resultando na relação do homem como objeto do homem.

A par disso, o rei D. Manuel, o Venturoso, buscava coibir os abusos da nobreza e a prepotência do clero, não apenas para apoderar-se dos rendimentos clericais, mas também para aumentar o poder da coroa, por vezes tão submissa à Santa Sé.

Respaldado, portanto, pela posição real e, portanto, resguardando a figura do rei, Gil Vicente desenvolveu seu teatro com uma crítica feroz, direta, buscando desmistificar o clero, denunciar a degradação da nobreza e o próprio funcionamento da sociedade que tem, na sua base, o camponês explorado e, no seu ápice, o clero e o fidalgo.

Assim, foca, principalmente, as personagens características do mundo feudal: os beneficiários das rendas senhoriais (clero e nobreza) e o seu séquito miserável e ocioso (escudeiro), e o faz com verdadeira mordacidade satírica, recurso que se integra à composição poética. E, ainda, sua maior vítima: o camponês.

Segundo a *História da Literatura Portuguesa,* de José António Saraiva e Oscar Lopes, "o todo de Gil Vicente talvez seja a expressão mais elevada do ideal da arte gótica". Isso se justifica pela linha depurada, pela força das personagens, pela invocação dos mistérios divinos, pelo contraste entre espírito e matéria.

Outra marca da criação vicentina é a caracterização das personagens através do diálogo. Melhor dizendo, o processo de autocaracterização que as torna origem e fim em si mesmas, sem a necessidade de serem introduzidas por um apresentador, um intermediário.

E aí, com traço estilístico simples, com uma sintaxe sintética, própria do medievalismo, seu verso sugere toda a vivacidade das linguagens coloquiais, de acordo com o estilo e a condição social das personagens. Quer dizer: o fidalgo fala como fidalgo ("Que me deixeis embarcar./ Sou fidalgo de solar, /é bem que me recolhais); a alcoviteira, como alcoviteira ("Passai-me por vossa fé,/ meu amor, minhas boninas/ olho de perlinhas finas"); o corregedor, como corregedor ("Nom é de *regulae juris*, não!")...

Há uma língua intencionalmente enriquecida de variantes: palavras na forma arcaica e moderna; na forma nobre, da corte, e popular; pronúncia portuguesa e hispanizante e ainda o fraseado latino. Ele une a cultura popular à cultura literária, mesclando estilos e tons.

Da mesma forma, mistura o trágico e o cômico, como acontece no *Auto da barca do Inferno* (que encerra pequenas farsas), incorporando-os à própria criação das personagens.

Esse processo, além da grandeza poética e filosófica, além da intenção de crítica social do texto vicentino, torna a criação dramática do auto reveladora de uma autêntica concepção de espetáculo teatral, isso num tempo em que nada sugere a existência de uma companhia profissional de atores.

Esta edição tem por base a de António José Saraiva (1988), que, por sua vez, vai à edição de cordel do *Auto da barca do Inferno*, de 1518, revista pelo próprio Gil Vicente.

AUTO DA BARCA DO INFERNO

AUTO DA BARCA DO INFERNO

(1517)

AUTO DE MORALIDADE composto per Gil Vicente por contemplação da sereníssima e muito católica rainha dona Lianor, nossa senhora, e representado per seu mandado ao poderoso príncipe e mui alto rei dom Manuel, primeiro de Portugal deste nome.

Começa a declaração e argumento da obra. Primeiramente no presente auto se fegura que, no ponto que acabamos de espirar, chegamos supitamente a um rio, o qual per força havemos de passar em um de dous batéis que naquele porto estão, *scilicet*[1], um deles passa pera o paraíso, e o outro pera o inferno; os quais batéis tem cada um seu arraiz[2] na proa: o do paraíso um Anjo, e o do inferno um Arraiz infernal e um Companheiro.

[PASSAGEIROS: Fidalgo, Onzeneiro, Joane, Çapateiro, Alcouviteira, Judeu, Corregedor, Procurador, Enforcado, quatro Cavaleiros].

O primeiro entrelocutor é um Fidalgo que chega com um Page que lhe leva um rabo[3] mui comprido e ua cadeira de espaldas. E começa o Arraiz do Inferno ante que o Fidalgo venha:

---

1. Assim sendo.

2. Comandante da embarcação.

3. Cauda.

Dia. À barca, à barca, oulá!
que temos gentil maré!
– Ora venha o caro a ré![4]
Com. Feito, feito!
Dia. Bem está!
Vai tu muitieramá[5],
atesa aquele palanco[6]
e despeja aquele banco
pera a gente que vinrá.

À barca, à barca, hu-u!
Asinha[7], que se quer ir!
Oh, que tempo de partir,
louvores a Berzebu!
– Ora, sus[8]!, que fazes tu?
Despeja todo esse leito!
Com. Em boa hora! Feito, feito!
Dia. Abaxa má-hora esse cu!

Faze aquela poja lesta[9]
e alija aquela driça.[10]

---

4. *Caro* é a parte inferior das vergas das velas. O Diabo manda virar o carro para trás a fim de colocar a vela na direção dos ventos.

5. Muito em má hora.

6. Estica a corda da vela.

7. Depressa.

8. Ora, vamos!

9. Afrouxe aquele cabo logo.

10. Lança aquela corda para içar (a verga).

Com. Ô-ô, caça! Ô-ô, iça! Iça![11]
Dia. Oh, que caravela esta!
Põe bandeiras, que é festa.
Verga alta! Âncora a pique!
– Ó poderoso dom Anrique,
cá vindes vós? Que cousa é esta?

Vem o Fidalgo e, chegando ao batel infernal, diz:

Fid. Esta barca onde vai ora,
que assi está apercebida?
Dia. Vai pera a ilha perdida
e há-de partir logo ess'ora.
Fid. Pera lá vai a senhora?
Dia. Senhor, a vosso serviço.
Fid. Parece-me isso cortiço...
Dia. Porque a vedes lá de fora.

Fid. Porém, a que terra passais?
Dia. Pera o inferno, senhor.
Fid. Terra é bem sem-sabor.
Dia. Quê? E também cá zombais?
Fid. E passageiros achais
pera tal habitação?
Dia. Vejo-vos eu em feição
pera ir ao nosso cais...

11. Ô-ô retesa a vela! Retesa a verga para estender a vela.

Fid. Parece-te a ti assi.
Dia. Em que esperas ter guarida?
Fid. Que leixo na outra vida
quem reze sempre por mi.
Dia. Quem reze sempre por ti?..
Hi-hi-hi-hi-hi-hi-hi-hi!...
E tu viveste a teu prazer,
cuidando cá guarecer[12]
por que rezam lá por ti?

Embarcai! Hou! Embarcai,
que haveis de ir à derradeira[13].
Mandai meter a cadeira,
que assi passou vosso pai.
Fid. Quê? Quê? Quê? Assi lhe vai?
Dia. Vai ou vem, embarcai prestes!
Segundo lá escolhestes,
assi cá vos contentai.

Pois que já a morte passastes,
haveis de passar o rio.
Fid. Não há aqui outro navio?
Dia. Não, senhor, que este fretastes,
e primeiro que espirastes
me destes logo sinal.
Fid. Que sinal foi esse tal?
Dia. Do que vós vos contentastes.

---

12. Salvar-se.

13. Ir ao fim e ao cabo.

Fid. A estoutra barca me vou.
– Hou da barca! Para onde is?
Ah, barqueiros! Não me ouvis?
Respondei-me! Houlá! Hou!
– (Par Deos, aviado[14] estou!
Cant'a isto é já pior...
Que giricocins, salvanor![15]
– Cuidam que são eu grou[16]?)

Anjo Que quereis?
Fid. Que me digais.
pois parti tão sem aviso,
se a barca do paraíso
é esta em que navegais.
Anjo Esta é; que demandais?
Fid. Que me leixeis embarcar.
Sou fidalgo de solar,
é bem que me recolhais.

Anjo Não se embarca tirania
neste batel divinal.
Fid. Não sei por que haveis por mal
que entre a minha senhoria...
Anjo Pera vossa fantesia
mui estreita é esta barca.

14. Apressado.
15. Que maluquice, com licença!
16. Ave pernalta.

Fid. Pera senhor de tal marca[17]
nom há aqui mais cortesia?

Venha a prancha e atavio[18]!
Levai-me desta ribeira!
Anjo Não vindes vós de maneira
pera ir neste navio.
Essoutro vai mais vazio:
a cadeira entrará
e o rabo caberá
e todo vosso senhorio.

Vós ireis mais espaçoso
com fumosa[19] senhoria,
cuidando na tirania
do pobre povo queixoso;
e porque, de generoso,
desprezastes os pequenos,
achar-vos-eis tanto menos
quanto mais fostes fumoso.
Dia. À barca, à barca, senhores!
Oh! que maré tão de prata!
Um ventezinho que mata
e valentes remadores!

---

17. De tal origem, de origem distinta.
18. Provavelmente aparelhagem ligada à prancha.
19. Presunçosa.

Diz cantando:

Vos me veniredes a la mano,
a la mano me veniredes.[20]

Fid. Ao inferno todavia!
Inferno há i[21] pera mi?
Ó triste! Enquanto vivi
não cuidei que o i havia.
Tive que era fantasia;
folgava ser adorado;
confiei em meu estado
e não vi que me perdia.

Venha essa prancha! Veremos
esta barca de tristura.
Dia. Embarque a vossa doçura,
que cá nos entenderemos...
Tomarês um par de remos,
veremos como remais,
e, chegando ao nosso cais,
todos bem vos serviremos.

Fid. Esperar-me-ês vós aqui,
tornarei à outra vida

---

20. Vós vireis à minha mão, à minha mão vireis.

21. Aí.

ver minha dama querida
que se quer matar por mi.
Dia. Que se quer matar por ti?
Fid. Isto bem certo o sei eu.
Dia. Ó namorado sandeu[22],
o maior que nunca vi!

Fid. Como pod'rá isso ser,
que m'escrivia mil dias?
Dia. Quantas mentiras que lias
e tu... morto de prazer!
Fid. Pera que é escarnecer,
que nom havia mais no bem[23]?
Dia. Assi vivas tu, amen,
como te tinha querer!

Fid. Isto quanto ao que eu conheço...
Dia. Pois estando tu espirando,
se estava ela requebrando
com outro de menos preço.
Fid. Dá-me licença, te peço,
que vá ver minha mulher.
Dia. E ela, por não te ver,
despenhar-se-á dum cabeço.

22. Louco.

23. O bem que ela me queria não podia ser maior.

Quanto ela hoje rezou,
antre seus gritos e gritas,
foi dar graças infinitas
a quem a desassombrou.
Fid. Quanto ela, bem chorou!
Dia. Nom há i choro de alegria?
Fid. E as lástimas que dezia?
Dia. Sua mãe lhas ensinou.

Entrai! Entrai! Entrai!
Ei-la prancha! Ponde o pé...
Fid. Entremos, pois que assi é.
Dia. Ora, senhor, descansai,
passeai e suspirai.
Em tanto[24] virá mais gente.
Fid. Ó barca, como és ardente!
Maldito quem em ti vai!

Diz o Diabo ao Moço da cadeira:

Dia. Nom entras cá! Vai-te d'i!
A cadeira é cá sobeja[25]:
cousa que esteve na igreja
nom se há-de embarcar aqui.
Cá lha darão de marfim,

---

24. Logo.
25. Excesso.

marchetada de dolores[26],
com tais modos de lavores[27],
que estará fora de si...

À barca, à barca, bõa gente,
que queremos dar à vela!
Chegar a ela! Chegar a ela!
Muitos e de boa mente!
Oh! que barca tão valente!*

---

26. Dores.
27. Trabalhos.

* Neste primeiro quadro, o embarque do Fidalgo, já fica evidenciado que, mesmo sendo um auto de moralidade, a religião é um pretexto para a realização da sátira profana. O que Gil Vicente aqui critica é a ideia da soberba.
Do verso 1 ao 22, o Diabo, uma das figuras vicentinas mais interessantes, prepara a Barca do Inferno com seu companheiro, e o primeiro que se aproxima é o Fidalgo Dom Anrique. A seguir, se estabelece o diálogo entre o representante da nobreza e o Diabo (v. 23 a 66), cabendo a este um tom de zombaria.
Observe-se que Dom Anrique vem, fisicamente, caracterizado como nobre. A cadeira de espaldar e a cauda longa não são senão sinais terrenos de nobreza. Por outro lado, os valores da aristocracia são colocados a partir do verso 40, quando o Fidalgo se vê merecedor do Paraíso por haver, na Terra, quem por ele ore.
Também o Anjo vicentino é singular. Quando o Fidalgo chega à Barca do Paraíso, por mais que o chame, o Anjo responde apenas com o silêncio. Além disso, também ele é marcado pela ironia.
É do Anjo que vem a síntese da cena: a tirania, o desprezo ao povo queixoso, o que, enfim, caracteriza a nobreza da época.
Saliente-se, ainda (v. 112 a 119), o surgimento de uma espécie de consciência tardia no Fidalgo; entretanto, não há, como não há nos textos vicentinos, conflito psicológico.
A cena fecha com o domínio total do Diabo, pela da ironia, quando o Fidalgo quer tornar a ver sua dama.

Vem um Onzeneiro[28] *e pergunta ao Arraiz do Inferno, dizendo:*

Onz. Pera onde caminhais?
Dia. Oh! que má-hora venhais,
onzeneiro, meu parente!

Como tardastes vós tanto?
Onz. Mais quisera eu lá tardar...
Na çafra do apanhar[29]
me deu Saturno[30] quebranto.
Dia. Ora mui muito m'espanto
nom vos livrar o dinheiro!
Onz. Solamente pera o barqueiro
nom me leixaram nem tanto...

Dia. Ora entrai, entrai aqui!
Onz. Não hei eu i d'embarcar!
Dia. Oh! que gentil recear,
e que cousas pera mi![31]
Onz. Ainda agora faleci,
leixa-me buscar batel!
Pesar de São Pimentel[32],
Nunca tanta pressa vi!

28. Usurário, agiota.

29. Na hora de receber.

30. Personificação mitológica do tempo, responsável pela duração das vidas humanas.

31. Aqui, o Diabo está olhando para o bolsão.

32. Pimentel é, provavelmente, uma personagem conhecida do público para quem foi escrita a peça.

Pera onde é a viagem?
Dia. Pera onde tu hás-de ir.
Onz. Havemos logo de partir?
Dia. Não cures de mais linguagem[33],
Onz. Pera onde é a passagem?
Dia. Pera a infernal comarca.
Onz. Dix![34] Nom vou eu em tal barca.
Estoutra tem avantagem[35].

[Vai-se à barca do Anjo, e diz:]

Hou da barca! Houlá! Hou!
Haveis logo de partir?
Anjo E onde queres tu ir?
Onz. Eu pera o paraíso vou.
Anjo Pois cant'eu mui fora estou[36]
de te levar para lá.
Essa barca que lá está
vai pera quem te enganou.

Onz. Porquê?
Anjo Porque esse bolsão
tomará todo o navio.
Onz. Juro a Deos que vai vazio!

33. Chega de conversa.
34. Interjeição de espanto.
35. É preferível.
36. Quanto a mim, estou muito longe.

Anjo Não já no teu coração.
Onz. Lá me fica de rodão[37]
minha fazenda e alhea.
Anjo Ó onzena, como es fea
e filha de maldição!

Torna o Onzeneiro à barca do Inferno e diz:

Onz. Houlá! Hou demo barqueiro!
Sabês vós no que me fundo[38]?
Quero lá tornar ao mundo
e trarei o meu dinheiro.
Aqueloutro marinheiro,
por que me vê vir sem nada,
dá-me tanta borregada[39]
como arraiz lá do Barreiro.

Dia. Entra, entra! Remarás!
Nom percamos mais maré!
Onz. Todavia...
Dia. Per forc' é!
Que te pês[40], cá entrarás!
Irás servir Satanás
porque sempre te ajudou.

37. Em grande quantidade.
38. Fundamento, apoio.
39. Grito.
40. Que te custe.

Onz. Ó triste, quem me cegou?
Dia. Cal-te, que cá chorarás.

Entrando o Onzeneiro no batel, que achou o Fidalgo embarcado, diz, tirando o barrete:

Onz. Santa Joana de Valdês[41]!
Cá é vossa senhoria?
Fid. Dá ò demo a cortesia!
Dia. Ouvis? Falai vos cortês!
Vos, fidalgo, cuidareis
que estais na vossa pousada?
Dar-vos-ei tanta pancada
com um remo que reneguês!*

---

41. Santa da época.

* Gil Vicente não critica apenas a nobreza e o clero, mas também aquela parte do povo que vive da exploração do próprio povo. Um exemplo do que se afirma é o embarque do Onzeneiro, hoje conhecido como agiota. Com esta personagem, o dramaturgo vem condenar a cobiça, daí o Diabo introduzi-lo como "meu parente". O comportamento mesquinho do Onzeneiro inicia com a cena, ao anunciar o azar na safra, na hora de colher os lucros, e a penúria como chega, com dinheiro somente para o barqueiro (v. 190), o que carrega no "bolsão". Como o Fidalgo, traz consigo o que o caracteriza na vida terrena, enfatizando seus vícios.
Também o Onzeneiro tenta a Barca do Paraíso. É quando o Anjo sintetiza a atitude do agiota: "Ó onzena, como es fea / e filha da maldição" (v. 233).
Ainda como o Fidalgo, o Onzeneiro quer voltar à vida. Desta vez para buscar mais dinheiro e tentar comprar seu lugar na Barca do Anjo. Entretanto, o que lhe resta é a Barca do Inferno, e, ainda que ele tenha consciência tardia, também não tem conflito psicológico. Note-se que, no final da cena, o agiota se encontra com o Fidalgo Dom Anrique na Barca do Inferno.

Vem Joane o Parvo e diz ao Arraiz do Inferno:

Joa. Hou daquesta!
Dia. Quem é?
Joa.
Eu sô.
É esta a naviarra nossa?
Dia. De quem?
Joa. Dos tolos?
Dia. Vossa.
Entra!
Joa. De pulo ou de vôo?
Hou! Pesar de meu avô!
Soma[42]: vim adoecer
e fui má-hora a morrer,
e nela, pera mi só.

Dia. De que morreste?
Joa. De quê?
Samicas[43] de caganeira.
Dia. De quê?
Joa. De cagamerdeira,
má ravugem que te dê![44]
Dia. Entra! Põe aqui o pé!
Joa. Houlá! Nom tombe o zambuco[45]!

---

42. Em resumo.
43. Talvez.
44. Sarna ruim, se quiser!
45. Barco oriental.

Dia. Entra, tolaço enuco,
que se nos vai a maré!

Joa. Aguardai, aguardai, houlá!
E onde havemos nós d'ir ter?
Dia. Ao porto de Lucifer.
Joa. Ha-a-a...
Dia. Ò inferno! Entra cá!
Joa. Ò inferno? Eramá[46]!
Hiu! Hiu! Barca do cornudo.
Pero Vinagre, beiçudo,
rachador d'Alverca, huhá!

Çapateiro da Candosa!
Antrecosto[47] de carrapato!
Hiu! Hiu! Caga no çapato,
filho da grande aleivosa[48]!
Tua mulher é tinhosa
e há-de parir um çapo
chentado no guardenapo!
Neto de cagarrinhosa!

Furta-cebola! Hiu! Hiu!
Escomungado nas erguejas!
Burrela, cornudo sejas!

---

46. Ao Inferno? Livra!
47. Espinhaço.
48. Traição.

Toma o pão que te caío!
A mulher que te fugio
per'a Ilha da Madeira!
Cornudo atá mangueira,
toma o pão que te caío!

Hiu! Hiu! Lanço-te ũa pulha[49]!
Dê-dê! Pica nàquela!
Hump! Hump! Caga na vela!
Hio, cabeça de grulha!
Perna de cigarra velha,
caganita de coelha,
pelourinho de Pampulha!
Mija n'agulha, mija n'agulha![50]

Chega o Parvo ao batel do Anjo e diz:

Joa. Hou do barco!
Anjo Que me queres?
Joa. Queres-me passar além?
Anjo Quem és tu?
Joa. Samica[51] alguém.
Anjo Tu passarás, se quiseres;
porque em todos teus fazeres,

49. Praga.

50. Do verso 269 ao 295: idiomatismos, expressões populares chulas.

51. Talvez.

per malícia nom erraste.
Tua simpreza t'abaste
para gozar dos prazeres.

Espera entanto per i;
veremos se vem alguém
merecedor de tal bem
que deva de entrar aqui.*

Vem um Çapateiro[52] *com seu avental, e carregado de formas, e chega ao batel infernal, e diz:*

---

* Este é um dos quadros mais interessantes do "Auto da barca do Inferno", ilustrando muito bem o processo de criação vicentino, quando a linguagem utilizada pela personagem corresponde integralmente à sua condição. Trata-se da chegada do parvo, personagem recorrente na obra vicentina e, para muitos, seu alter-ego. A linguagem do parvo condiz fielmente com sua condição e seu comportamento.
Interessante é já sua aproximação da Barca e a forma de caracterizá-la: se num primeiro momento ela é a "naviarra", logo ela passa a "zambuco".
Observe-se que, diferentemente da forma irônica com que recebe os demais passageiros, o Diabo recebe o tolo – que não é responsável por seus atos – com evidente irritação: "entra, tolaço enuco" (262). E, quando o parvo se dá conta de que aquela Barca vai para o Inferno e que, portanto, está lidando com o Diabo, lança-lhe uma série de impropérios, numa linguagem totalmente popular que se pode dizer chula, num ritmo acelerado e nervoso (v. 268-295).
Se para o Diabo o parvo se diz tolo, para o Anjo ele se apresenta como "talvez alguém". É importante observar que, aqui, ainda que o Anjo reconheça no Parvo a inocência, ele não entra na Barca. Diz-lhe o Anjo: "Espera entanto per i;/ veremos se vem alguém/ merecedor de tal bem/ que deva de entrar aqui" (v. 304-307).

52. Sapateiro.

Çap. Hou da barca!
Dia. Quem vem i?
Santo çapateiro honrado!
Como vens tão carregado?
Çap. Mandaram-me vir assi...

E pera onde é a viagem?
Dia. Pera o lago dos danados.
Çap. Os que morrem confessados,
onde têm sua passagem?
Dia. Nom cures de mais linguagem![53]
Esta é tua barca, esta!
Çap. Arrenegaria[54] eu da festa
e da puta da barcagem[55]!

Como poderá isso ser,
confessado e comungado?
Dia. E tu morreste escomungado:
nom o quiseste dizer.
Esperavas de viver;
calaste dous mil enganos.
Tu roubaste bem trint'anos
o povo com teu mester.

53. Chega de conversa fiada!

54. Renegaria.

55. Carregação da barca.

Embarca, eramá[56] pera ti,
que há já muito que t'espero!
Çap. Pois digo-te que nom quero!
Dia. Que te pês[57], hás-de ir, si, si!
Çap. Quantas missas eu ouvi,
nom me hão elas de prestar?
Dia. Ouvir missa, então roubar –
é caminho per'aqui.

Çap. E as ofertas, que darão?[58]
E as horas dos finados?[59]
Dia. E os dinheiros mal levados,
que foi da satisfação?[60]
Çap. Ah! Nom praza ò cordovão[61],
nem à puta da badana[62],
se é esta boa traquitana[63]
em que se vê Joanantão[64]!

Ora juro a Deus que é graça!

---

56. Em má-hora.
57. Ainda que te custe.
58. As ofertas de dinheiro à Igreja.
59. Rezas que se faziam pelos mortos.
60. Como indenizastes àqueles a quem cobraste demais?
61 Tipo de couro para calçado.
62. Tipo de couro para calçado.
63. Meio de transporte.
64. O próprio sapateiro.

Vai-se à barca do Anjo e diz:

Hou da santa caravela,
poderês levar-me nela?
Anjo A cárrega t'embaraça.[65]
Çap. Nom há mercê que me Deos faça?
Isto uxiquer[66] irá.
Anjo Essa barca que lá está
leva quem rouba de praça[67].

Oh almas embaraçadas![68]
Çap. Ora eu me maravilho
haverdes por grão pejilho[69]
quatro forminhas cagadas
que podem bem ir i chantadas[70]
num cantinho desse leito!
Anjo Se tu viveras dereito,
elas foram cá escusadaas.

Çap. Assi que determinais
que vá coser ò inferno?
Anjo Escrito estás no caderno
das ementas[71] infernais.

---

65. A carga te atrapalha.
66. De qualquer modo.
67. Rouba descaradamente.
68. Oh almas carregadas com coisas terrenas!
69. Grande estorvo.
70. Acomodadas.
71. Lembranças.

Torna-se à barca dos danados e diz:

Çap. Hou barqueiros! Que aguardais?
Vamos, venha a prancha logo
e levai-me àquele fogo!
Não nos detenhamos mais!*

Vem um frade com ũa Moça pela mão, e um broquel e ũa espada na outra, e um casco debaixo do capelo; e, ele mesmo fazendo a baixa, começou de dançar, dizendo:

Fra. Tai-rai-rai-ra-rã; ta-ri-ri-rã;
ta-rai-rai-rai-rã; tai-ri-ri-rã;

---

* Como homem do povo que explora o povo, o que, no Çapateiro, Gil Vicente condena é a cobiça. Veja-se que, da vida terrena, o que ele traz são as formas com que faz os sapatos, e os objetos trazidos dão sempre a ideia do desejo da continuidade, o que demonstra satisfação com uma vida guiada pela exploração.
Diferentemente do modo como recebe o parvo Joane e à semelhança da forma como recebe a maioria das personagens, o Diabo é profundamente irônico (v. 309).
Esta é uma das cenas mais simples do Auto. O Çapateiro tenta enganar o Diabo, omitindo o fato de ter sido excomungado e utilizando a dualidade de comportamento como "ouvir missa, então roubar" (v. 334). Na verdade, o que ele fez, em vida, e é o Diabo quem diz, foi roubar o povo, por trinta anos, com seu ofício de sapateiro.
Também ele tenta embarcar na Barca da Glória, mas, diante da recusa do Anjo, não tem sequer um lampejo de consciência ou arrependimento, simplesmente entra na Barca do Inferno.

tã-tã; ta-ri-rim-rim-rã. Huha!
Dia. Que é isso, padre? Que vai lá?
Fra. *Deo gratias!* Som cortesão.[72]
Dia. Sabês também o tordião[73]?
Fra. Porque não? Como ora sei!
Dia. Pois, entrai! Eu tangerei
e faremos um serão.

Essa dama, é ela vossa?
Fra. Por minha la tenho eu,
e sempre a tive de meu.
Dia. Fezestes bem, que é fermosa!
E não vos punham lá grosa[74]
no vosso convento santo?
Fra. E eles fazem outro tanto![75]
Dia. Que cousa tão preciosa...

Entrai, padre reverendo!
Fra. Para onde levais gente?
Dia. Pera aquele fogo ardente
que nom temestes vivendo.
Fra. Juro a Deos que nom t'entendo!
E este hábito nõ me val?
Dia. Gentil padre mundanal,
a Berzabu vos encomendo!

---

72. Graças a Deus! Sou cortesão.
73. Canção muito em voga nos séculos XV e XVI.
74. Opunham.
75. E eles fazem até mais do que isso!

Fra. Ah Corpo de Deos consagrado!
Pela fé de Jesu Cristo,
que eu nom posso entender isto!
Eu hei-de ser condenado?
Um padre tão namorado
e tanto dado a virtude?
Assi Deos me dê saúde,
que eu estou maravilhado!

Dia. Não curês de mais detença.[76]
Embarcai e partiremos:
tomareis um par de remos.
Fra. Nom ficou isso n'avença[77].
Dia. Pois dada está já a sentença!
Fra. Par Deos! Essa seri'ela!
Não vai em tal caravela
minha senhora Florença.

Como? Por ser namorado
e folgar com ũa mulher
se há um frade de perder,
com tanto salmo rezado?
Dia. Ora estás bem aviado[78]!
Fra. Mais estás bem corregido[79]!

---

76. Não provoque, não nos detenha.
77. Acertado.
78. Arranjado.
79. Também arranjado.

haveis de ser cá pingado[80]...
Dia. Devoto padre e marido.

Descobrio o Frade a cabeça, tirando o capelo, e apareceo o casco[81], e diz o Frade:

Fra. Mantenha Deos esta coroa!
Dia. Ó padre Frei Capacete!
Cuidei que tínheis barrete!
Fra. Sabê que fui da pessoa![82]
Esta espada é roloa[83]
e este broquel[84] rolão[85].
Dia. Dê Vossa Reverença lição
d'esgrima, que é cousa boa!

Começou o Frade a dar lição d'esgrima com a espada e broquel, que eram d'esgrimir, e diz desta maneira:

Fra. *Deo gratias!* Demos caçada![86]
Pera sempre contra sus[87]!
Um fendente[88]! Ora sus!

---

80. Referência ao castigo com óleo fervente.
81. Capacete.
82. Fui reconhecido pela valentia.
83. Referente a Roland, espadachim de muita coragem e força.
84. Escudo.
85. Referente a Roland.
86. Lutemos!
87. Vamos.
88. Golpe de esgrima.

Esta é a primeira levada.
Alto! Levantai a espada!
Talho largo, e um revés![89]
E logo colher os pés,
que todo o al nõ é nada.

Quando o recolher se tarda
o ferir nom é prudente.
Ora, sus! Mui largamente,
cortai na segunda guarda[90]!
– Guarde-me Deos d'espingarda.
mais de homem denodado[91].
Aqui estou tão bem guardado
como a palha n'albarda[92].

Saio com meia espada...
Houlá! Guardai as queixadas!
Dia. Ó que valentes levadas[93]!
Fra. Ainda isto nom é nada...
Dêmos outra vez caçada!
Contra sus e um fendente,
e cortando largamente,
eis aqui seista feitada[94].

---

89. Golpe de esgrima.
90. Idem.
91. Ousado.
92. Chumaço.
93. Golpe de esgrima.
94. Idem.

Daqui saio com ũa guia
esta é quinta verdadeira[95].
e um revés da primeira:
– Oh! quantos d'aqui feria!
Padre que tal aprendia
no inferno há-de haver pingos[96]?
Ah! nom praza a São Domingos
com tanta descortesia!

Tornou a tomar a Moça pela mão, dizendo:

Vamos à barca da glória!

Começou o Frade a fazer o tordião e foram dançando até o batel do Anjo desta maneira:

Fra. Ta-ra-ra-rai-rã; ta-ri-ri-ri-ri-rã;
rai-rai-rã; ta-ri-ri-rã; ta-ri-ri-rã.
Huhá!

Deo gratias! Há lugar cá
pera minha reverença?
E a senhora Frorença
polo meu[97] entrará lá!

---

95. Golpe de esgrima.

96. Castigo com óleo fervente.

97. Por minha causa.

Joa. Andar, muitieramá[98]!
Furtaste o trinchão[99], frade?
Fra. Senhora, dá-me à vontade
que este feito mal está.

Vamos onde havemos d'ir,
não praza a Deos com a ribeira!
Eu não vejo aqui maneira
senão enfim... concrudir[100].
Dia. Haveis, padre, de viir.
Fra. Agasalhai-me lá Frorença,
e compra-se esta sentença
e ordenemos de partir.*

---

98. Em má-hora.
99. Espada.
100. Concluir.

* Esta é uma das cenas mais importantes do Auto. Desmitifica o clero desde a atitude nos conventos (v. 380) até esta rica personagem que é o Frade cujo comportamento representa o de todos os frades.
Para delícia de um Diabo absolutamente irônico, Gil Vicente o coloca diante de um Frade mundano, amante e valente – Frei Babriel traz nas mãos os símbolos do poder terreno: escudo e espada e capacete, traz também consigo sua mulher, e se apresenta como cortesão –, dessa forma, critica a devassidão e os abusos da Igreja.
Diante do poder da batina na vida terrena e pela equivalência que estabelece entre sua paixão e o número de salmos rezados, o Frei não aceita a condenação. Dada a sentença, passa a esgrimir com o Diabo, mostrando-se um excelente conhecedor daquela arte.
Observe-se que, diferentemente das personagens anteriores, o Frade não se encontra com o Anjo. Quem o recebe é o Parvo Joane, com quem, por sua vez, Babriel não se digna a falar. Apenas retorna à Barca do Inferno para que se cumpra a sentença.

Tanto que o Frade foi embarcado, veio ũa Alcouveteira, per nome Brísida Vaz, a qual chegando à barca infernal, diz desta maneira:

Brí. Houlá da barca, houlá!
Dia. Quem chama?
Brí. Brísida Vaz.
Dia. E aguarda-me, rapaz!
Como nom vem ela já?
Com. Diz que nom há-de viir cá
sem Joana de Valdês[101].
Dia. Entrai vós, e remarês.
Brí. Nom quero eu entrar lá.

Dia. Que sabroso arrecear!
Brí. No é essa barca que eu cato[102].
Dia. E trazês vós muito fato[103]?
Brí. O que me convém levar.
Dia. Que é o qu'havês d'embarcar?
Brí. Seiscentos virgos postiços[104]
e três arcas de feitiços
que nom podem mais levar.

Tres almários[105] de mentir,
e cinco cofres de enlheos[106],

101. Nome já referido atrás.
102. Busco.
103. Bagagem.
104. Imitação de hímen.
105. Armários.
106. Loucuras.

e alguns furtos alheos,
assi em jóias de vestir,
guarda-roupa d'encobrir[107],
enfim – casa movediça;
um estrado de cortiça
com dous coxins d'encobrir[108].

A mor cárrega que é:
essas moças que vendia.
Daquesta mercaderia
trago eu muita, bofé[109]!
Dia. Ora ponde aqui o pé...
Brí. Hui! e eu vou pera o paraíso!
Dia. E quem te dixe a ti isso?
Brí. Lá hei-de ir desta maré.

Eu sô ũa mártela[110] tal,
açoutes tenho levados
e tormentos soportados
que ninguém me foi igual.
Se fosse ò fogo infernal,
lá iria todo o mundo!
A estoutra barca, cá fundo,
me vou, que é mais real[111].

---

107. Cobertas.
108. Colchas.
109. Exclamação: de verdade!
110. Mártir.
111. Condizente.

Barqueiro mano, meus olhos,
prancha a Brísida Vaz!
Anjo Eu não sei quem te cá traz...
Brí. Peço-vo-lo de giolhos[112]!
Cuidais que trago piolhos,
anjo de Deos, minha rosa?
Eu sô aquela preciosa
que dava as moças a molhos[113],

a que criava as meninas
pera os cónegos da Sé...
Passai-me, por vossa fé,
meu amor, minhas boninas[114],
olho de perlinhas[115] finas!
E eu som apostolada,
angelada e martelada[116],
e fiz cousas mui divinas.

Santa Úrsula[117] nom converteo
tantas cachopas[118] como eu:
todas salvas polo meu[119],

---

112. Joelhos.
113. Cuidava das moças.
114. Espécie de margaridas miúdas.
115. Perolazinhas.
116. V. 530-531: Tenho o merecimento dos apóstolos, dos anjos e dos mártires.
117. Santa das virgens.
118. Moças.
119. Por mim.

que nenhũa se perdeo.
E prouve Àquele do Céo
que todas acharam dono.
Cuidais que dormia sono?
Nem ponto se me perdeo![120]

Anjo Ora vai lá embarcar,
não estês emportunando[121].
Brí. Pois estou-vos eu contando
o porque me haveis de levar.
Anjo Não cures de emportunar[122],
que nom podes ir aqui.
Brí. E que má-hora eu servi,
pois não m'há-de aproveitar[123]!

Torna-se Brísida Vaz à barca do Inferno, dizendo:

Brí. Hou barqueiros da má-hora,
que é da prancha, que eis me vou?
E há já muito que aqui estou,
e pareço mal cá de fora.
Dia. Ora entrai, minha senhora,
e sereis bem recebida;

120. Não perdi nada!.
121. Não fiques importunando.
122. Não trates de importunar.
123. Pois não me serve para nada!

se vivestes santa vida,
vós o sentirês agora.*

Tanto que Brísida Vaz se embarcou, veo um Judeu, com um bode às costas; e, chegando ao batel dos danados, diz:

Jud. Que vai cá? Hou marinheiro!
Dia. Oh! que má-hora vieste!
Jud. Cuj'é esta barca que preste?
Dia. Esta barca é do barqueiro.
Jud. Passai-me por meu dinheiro.
Dia. E o bode há cá de vir?
Jud. Pois também o bode há-de ir.
Dia. Que escusado[124] passageiro!

---

* Também o embarque da alcoviteira, que, como os demais, leva uma grande bagagem que garanta seu trabalho, seus hábitos e seus vícios após a morte, pode ser paradigma da obra vicentina em dois aspectos. O primeiro diz respeito à relação estabelecida entre a Igreja e aquelas pessoas do povo que gravitam em torno do poder que ela exerce; por preparar as meninas para a Santa Sé, Brísida julga ter o merecimento dos apóstolos, dos anjos, dos mártires. O segundo diz respeito ao processo de criação vicentino e ao que chamamos de autocaracterização pelo diálogo. A fala de Brísida é a fala de qualquer e toda a alcoviteira, veja-se, por exemplo, a maneira como se dirige ao Anjo: "Barqueiro mano, meus olhos" (v. 517), "minha rosa" (v. 522), "meu amor, minhas boninas, olho de perlinhas finas" (v. 528-529). Por fim, por mais que estivesse convencida de sua "boa" ação em vida, aceita entrar na Barca do Inferno, sem grandes dramas, onde é recebida pelo Diabo, com profunda ironia.

124. Desnecessário.

Jud. Sem bode, como irei lá?
Dia. Nem eu nom passo cabrões.
Jud. Eis aqui quatro testões
e mais se vos pagará.
Por vida do Semifará[125]
que me passeis o cabrão!
Querês mais outro tostão?
Dia. Nenhum bode há-de vir cá.

Jud. Porque nom irá o judeu
onde vai Brísida Vaz?
Ao senhor meirinho apraz[126]?
Senhor meirinho, irei eu?
Dia. E ò fidalgo, quem lhe deu...
Jud. O mando, dizês, do batel?
Corregedor, coronel,
castigai este sandeu!

Joa. Azará[127], pedra miúda,
lodo, chanto[128], fogo, lenha,
caganeira que te venha!
Má corrença[129] que te acuda!

125. Nome do judeu.
126. Agrada.
127. Infortúnio.
128. Pranto.
129. Diarreia.

Par el Deu, que te sacuda
co'a a beca[130] nos focinhos!
Fazes burla[131] dos meirinhos?
Dize, filho da cornuda!

Furtaste a chiba[132], cabrão?
Parecês-me vós a mim
gafanhoto d'Almeirim
chacinado[133] em um seirão[134].
Dia. Judeu, lá te passarão
porque vão mais despejados.
Joa. E ele mijou nos finados
n'ergueja de São Gião!

E comia a carne da panela
no dia de Nosso Senhor!
E aperta o salvanor[135],
e mija na caravela!
Dia. Sus, sus! Dêmos à vela!
Vós, Judeu, irês à toa,

---

130. Espécie de manta fina que se coloca sobre os ombros.
131. Troças.
132. Chicote.
133. Assassinado.
134. Cera.
135. Pênis.

que sois mui ruim pessoa.
Levai o cabrão na trela!*

Vem um Corregedor[136]*, carregado de feitos*[137]*, e chegando à barca do Inferno, com sua vara*[138] *na mão, diz:*

Cor. Hou da barca!
Dia. Que quereis?
Cor. Está aqui o senhor juiz?
Dia. Oh amador de perdiz,
gentil cárrega trazeis!
Cor. No meu ar conhecereis

---

* Apesar de ser contra a perseguição dos judeus, uma vez que queria que a conversão fosse sempre pacífica, Gil Vicente traz para o auto o perfil popular do judeu, o do homem mau por ser avarento e negocista. Essas características ficam evidenciadas desde o início da cena: sabendo não ser merecedor nem da Barca do Inferno, Semirafá tenta comprar seu lugar: "Passai-me por meu dinheiro" (v. 561). Note-se, também, no início da cena, que o Diabo fica descontente – o que não é uma atitude comum – com a chegada do judeu: "Oh! que má-hora vieste". Também aqui, e não gratuitamente, não há a presença do Anjo. Quem se coloca no meio do diálogo entre o Diabo e o Judeu é o Parvo Joane, repetindo os idiomatismos populares e chulos (v. 581-592 e 595-600).
A presença do bode, certamente, é uma referência ao azazel ou emissário, o animal da Cerimônia do bode emissário. Nessa cerimônia, o sacerdote colocava as mãos sobre o bode e confessava os pecados de Israel, transferindo-os simbolicamente para ele. O animal era, então, conduzido ao deserto e, como levava junto os pecados, esses não seriam mais lembrados.

136. Magistrado.

137. Processos.

138. Insígnia de magistrados.

que nom é ela do meu jeito[139].
Dia. Como vai lá o direito?
Cor. Nestes feitos o vereis.

Dia. Ora, pois, entrai. Veremos
que diz i nesse papel...
Cor. E onde vai o batel?
Dia. No inferno vos poeremos.
Cor. Como? À terra dos demos
há-de ir um corregedor?
Dia. Santo descorregedor,
embarcai e remaremos!

Ora, entrai, pois que viestes!
Cor. Nom é de *regulae juris*[140], não!
Dia. *Ita, ita!*[141] Dai cá a mão!
Remaremos um remo destes.
Fazei conta que nacestes
pera nosso companheiro.
– Que fazes tu, barzoneiro[142]?
Faze-lhe essa prancha prestes![143]

139. Que não é por gosto que ando com ela.
140. Lei da justiça.
141. Assim, assim!
142. Preguiçoso.
143. V. 627-628: o Diabo se dirige ao Companheiro.

Cor. Oh! Renego da viagem
e de quem me há-de levar!
Há'qui meirinho do mar?
Dia. Não há cá tal costumagem.
Cor. Nom entendo esta barcagem,
Nem *hoc non potest esse*[144].
Dia. Se ora vos parecesse
que nom sei mais que linguagem...[145]

Entrai, entrai, corregedor!
Cor. Hou! *Videtis qui petatis!*[146]
Super jure magestatis[147]
tem vosso mando vigor?
Dia. Quando éreis ouvidor
nonne accepistis rapina?[148]
Pois ireis pela bolina[149]
onde nossa mercê fôr...[150]

Oh! que isca esse papel ,
pera um fogo que eu sei!

---

144. Isso não pode ser.

145. Que não sei latim.

146. Vejais o que fizestes.

147. O jus magestatis tornava imunes os representantes do Rei.

148. Acaso não aceitastes roubo?

149. Cabo que sustenta a vela.

150. Onde nos seja agradável.

Cor. *Domine, memento mei!*[151]
Dia. *Non es tempus,* bacharel![152]
Imbarquemini in batel[153]
quia judicastis malitia.[154]
Cor. *Semper ego justitia*
fecit e bem per nível.[155]

Dia. E as peitas[156] dos judeus
que vossa mulher levava?
Cor. Isso eu não o tomava,
eram lá percalços seus.
Nom som *peccatus meus,*
peccavit uxore mea[157].
Dia. *Et vobis quoque cum ea*[158],
não *temuistis Deus*[159].

A largo modo adquiristis
sanguinis laboratorum,
ignorantes peccatorum.[160]

---

151. Senhor, lembra-te de mim.
152. Agora não, bacharel.
153. Sereis embarcado na barca.
154. Porque apreciaste fraude.
155. Sempre fiz justiça / e de bom nível.
156. Subornos.
157. Não são pecados meus, pecou minha senhora.
158. E vós também com ela.
159. Não temestes Deus
160. De todo o modo tiraste/o sangue dos trabalhadores/ ignorantes pecadores.

Ut quid eos non audistis[161]*?*
Cor. Vós, arraiz, *nonne legistis*[162]
que o dar quebra os pinedos[163]?
Os dereitos estão quedos[164],
sed aliquid tradidistis...[165]

Dia. Ora entrai, nos negros fados[166]!
Ireis ao lago dos cães
e vereis os escrivães
como estão tão prosperados.
Cor. E na terra dos danados
estão os evangelistas?
Dia. Os mestres das burlas[167] vistas
lá estão bem freguados[168].

Estando o Corregedor nesta prática com o Arraiz infernal, chegou um Procurador, carregado de livros, e diz o Corregedor ao Procurador:

Cor. *Ó* senhor procurador!
Pro. Bejo-vo-las mãos, juiz!

---

161. Quantas vezes certamente não os ouvistes?
162. Nunca lestes.
163. Penedos.
164. Suspensos.
165. Mas realmente traístes.
166. Destinos.
167. Zombarias.
168. Atormentados.

Que diz esse arraiz? Que diz?
Dia. Que serês bom remador.
Entrai, bacharel doutor,
e ireis dando na bomba[169].
Pro. E este barqueiro zomba...
Jogatais[170] de zombador?

Essa gente que aí está,
pera onde a levais?
Dia. Pera as penas infernais.
Pro. Dix[171]! Nom vou eu pera lá!
Outro navio está cá,
muito milhor assombrado[172].
Dia. Ora estás bem aviado[173]!
Entra, muitieramá!

Cor. Confessastes-vos, doutor?
Pro. Bacharel som... Dou-me ò demo!
Não cuidei que era extremo,
nem de morte minha dor.
E vós, senhor corregedor?
Cor. Eu mui bem me confessei,

169. Aparelho para tirar a água da barca.
170. Gracejais.
171. Exclamação.
172. De melhor aspecto.
173. Apressado.

mais tudo quanto roubei
encobri ao confessor...

Porque, se o nom tornais,
não vos querem absolver,
e é mui mao de volver
depois que o apanhais.
Dia. Pois porque nom embarcais?
Pro. *Quia speramus in Deo*[174].
Dia. *Imbarquemini in barco meo...*[175]
Pera que *esperatis*[176] mais?

Vão-se ambos ao batel da Glória e, chegando, diz o Corregedor ao Anjo:

Cor. Ó arraiz dos gloriosos,
passai-nos neste batel!
Anjo Oh pragas pera papel,
pera as almas odiosos!
Como vindes preciosos,
sendo filhos da ciência!
Cor. Oh! *habeatis*[177] clemência
e passai-nos como vossos!

174. Porque esperamos por Deus.
175. Sereis embarcado no meu barco.
176. Esperais.
177. Tenhais.

Joa. Hou, homens dos briviairos[178],
rapinastis coelhorum
et pernis perdiguitorum[179]
e mijais nos campanairos!
Cor. Oh! não nos sejais contrairos,
pois nom temos outra ponte!
Joa. *Beleguinis ubi sunt?*
Ego latinus macairos.[180]

Anjo A justiça divinal
vos manda vir carregados
porque vades embarcados
nesse batel infernal.
Cor. Oh! nom praza a São Marçal
com a ribeira, nem com o rio!
Cuidam lá que é desvario
haver cá tamanho mal.

Pro. Que ribeira é esta tal!
Joa. Parecês-me vós a mi
como cagado nebri[181],
mandado no Sardoal.
Embarquetis in zambuquis![182]

Cor. Venha a negra prancha cá!
Vamos ver este segredo.

178. Breviários.

179. Roubastes os coelhos/ e pernas de perdizes.

180. Oficiais de justiça onde estais?/ eu sou latino aluado.

181. Falcão.

182. Embarcai no zambuco, barco (o Parvo teria acrescido uma terminação latina).

Pro. Diz um texto do Degredo[183]...
Dia. Entrai, que cá se dirá!

E tanto que foram dentro no batel dos condenados, disse o Corregedor a Brísida Vaz, porque a conhecia:

Cor. Oh! esteis muitieramá,
senhora Brísida Vaz!
Brí. Já siquer estou em paz,
que não me leixáveis lá.

Cada hora sentenciada:
"Justiça que manda fazer...".
Cor. E vós... tornar a tecer
e urdir[184] outra meada.
Brí. Dizede, juiz d'alçada:
vem lá Pero de Lixbõa[185]?
Levá-lo-emos à toa
e irá nesta barcada.*

183. Decreto, texto do direito canônico.

184. Fazer e refazer.

185. Conhecido escrivão da corte.

* Aqui, Gil Vicente coloca em cena o Corregedor ou magistrado e o Procurador ou membro superior do Ministério Público, além de várias referências a escrivães. São os filhos da "ciência", aqueles encarregados da justiça terrena. O que eles revelam é a corrupção, a omissão e o roubo, mostrando, de um lado, o contraste com a justiça divina e, de outro, denunciando o funcionamento da justiça da época.
Observe-se o uso do latim pelos homens da justiça, o modo irônico como o Diabo o usa, e o modo descabido como o utiliza o parvo.

Vem um homem que morreo enforcado e, chegando ao batel dos mal-aventurados, disse o Arraiz, tanto que chegou:

Dia. Venhais embora, enforcado!
Que diz lá Garcia Moniz[186]?
Enf. Eu te direi que ele diz:
que fui bem-aventurado
em morrer dependurado
como o tordo[187] na buiz[188],
e diz que os feitos que eu fiz
me fazem calonizado[189].

Dia. Entra cá, governarás
atá as portas do inferno.
Enf. Nom é'ssa a nao que eu governo.
Dia. Mando-t'eu que aqui irás.
Enf. Oh! nom praza[190] a Barrabás!
Se Garcia Moniz diz
que os que morrem como fiz
são livres de Satanás...

E disse-me que a Deos prouvera
que fora ele o enforcado;
e que fosse Deos louvado

186. Tesoureiro da casa da moeda, contemporâneo de Gil Vicente.
187. Pássaro.
188. Armadilha.
189. Santo.
190. Agrada.

que em bo'hora eu cá nacera;
e que o Senhor m'escolhera;
e por bem vi beleguins[191].
E com isto mil latins
mui lindos, feitos de cera.[192]

E no passo derradeiro
me disse nos meus ouvidos
que o lugar dos escolhidos
era a forca e o Limoeiro;
nem guardião do moesteiro[193]
nom tinha tão santa gente
como Afonso Valente[194],
que é agora carcereiro.

Dia. Dava-te consolação
isso, ou algum esforço?
Enf. Com o baraço[195] no pescoço
mui mal presta a pregação...
E ele leva a devação,
que há-de tornar a jentar[196]...
Mas quem há-de estar no ar
avorrece-lh'o[197] sermão.

---

191. Oficiais de justiça.
192. Muito bonitos, que não queriam dizer nada.
193. Mosteiro.
194. Outra personagem real.
195. Forca.
196. Jantar.
197. Aborrece-lhe o.

Dia. Entra, entra no batel,
que ao inferno hás-de ir!
Enf. O Moniz há-de mentir?
Disse-me que com São Miguel
jentaria pão e mel
tanto que fosse enforcado.
Ora, já passei meu fado,
e já feito é o burel[198].

Agora não sei que é isso.
Não me falou em ribeira,
nem barqueiro, nem barqueira,
senão – logo ò paraíso.
Isto muito em seu siso.
E era santo o meu baraço...
Eu não sei que aqui faço:
que é desta glória emproviso?

Dia. Falou-te no purgatório?
Enf. Disse que era o Limoeiro,
e ora por ele o salteiro[199]
e o pregão vitatório[200];
e que era mui notório
que aqueles deciprinados[201]
eram horas dos finados
e missas de São Gregório.[202]

198. Luto.

199. Salmos.

200. Pregão dado pelo pregoeiro antes de executar a sentença de morte.

201. Castigos.

202. Missas pelas almas dos defuntos.

Dia. Quero-te desenganar:
se o que disse tomaras,
certo é que te salvaras.
Não o quiseste tomar...
– Alto! Todos a tirar,
que está em seco o batel!
– Saí vós, Frei Babriel!
Ajudai ali a botar![*]

Vem quatro Cavaleiros cantando, os quais trazem cada um a Cruz de Cristo, pelo qual Senhor e acrecentamento de Sua santa fé católica morreram em poder dos mouros. Absoltos[203] *a culpa e pena per privilégio que os que assi morrem tem dos mistérios da Paixão d'Aquele por Quem padecem, outorgados por todos os Presidentes Sumos Pontífices da Madre Santa Igreja*[204]. *E a cantiga que assi cantavam, quanto a palavra dela, é a siguinte*[205]:

* O Enforcado traz a corda que o matou ainda ao pescoço. Diferentemente das demais personagens, ele não traz o símbolo dos seus pecados, mas uma tentativa de se redimir através do próprio enforcamento, como se o enforcamento – e assim lhe promete Garcia Moniz –, por si só, fosse a redenção e a promessa do Paraíso. Evidentemente que foi logrado, e o pecado do roubo cometido em vida tem peso maior na hora do seu julgamento. Trata-se, aqui, também de uma crítica severa à burocracia corrupta e seu poder de manipulação. O Enforcado é resultado dessa manipulação por outros de posições mais privilegiadas, neste caso o Tesoureiro da Casa da Moeda que busca se livrar, livrando-se do Enforcado.

203. Absolvidos.

204. Papa.

205. Seguinte.

À barca, à barca segura,
barca bem guarnecida[206]*,*
à barca, à barca da vida!

Senhores que trabalhais
pola vida transitória,
memória, por Deos, memória
deste temeroso cais!
À barca, à barca, mortais,
barca bem guarnecida,
à barca, à barca da vida!

Vigiai-vos, pecadores,
que, despois da sepultura,
neste rio está a ventura
de prazeres ou dolores!
À barca, a barca, senhores,
barca mui nobrecida[207]*,*
à barca, à barca da vida!

E passando per diante da proa do batel dos danados assi cantando, com suas espadas e escudos, disse o Arraiz da perdição desta maneira:

Dia. Cavaleiros, vós passais
e nom preguntais onde is?
Cav. Vós, Satanás, presumis?

206. Fortalecida.
207. Enobrecida.

Atentai com quem falais!
Cav. Vós que nos demandais?
Siquer conhecê-nos bem.
Morremos nas Partes d'Além[208],
e não querais saber mais.

Dia. Entrai cá! Que cousa é essa?
Eu nom posso entender isto!
Cav. Quem morre por Jesu Cristo!
não vai em tal barca como essa!

Tornam a prosseguir, cantando, seu caminho direito à barca da Glória, e tanto que chegam, diz o Anjo:

Anjo Ó cavaleiros de Deos,
a vós estou esperando,
que morrestes pelejando[209]
por Cristo, Senhor dos céos!
Sois livres de todo mal,
mártires da Madre Igreja,
que quem morre em tal peleja[210]
merece paz eternal.

*E assi embarcam.**

---

208. Em batalha contra os mouros.

209. Lutando.

210. Luta.

* A chegada dos quatro Cavaleiros de Deus difere de todas as demais. A exemplo do Frei Babriel, eles chegam cantando; entretanto, sua canção é de redenção e eles não se aproximam da barca

do Inferno. É o único momento do auto em que o Diabo, de fato, perde a ação. Eles têm consciência de que aquele não é seu lugar e se dirigem diretamente à barca da Glória. Acontece que os cavaleiros que morriam nas Cruzadas, a guerra santa, eram absolvidos de todos os seus pecados e tinham direito ao Paraíso em virtude da "Bula da Cruzada", outorgada pelo papa.
Note-se que, como o Parvo, os Cavaleiros não trazem nada de sua vida terrena, nenhum objeto que simbolize vícios ou pecados.

Coleção L&PM POCKET (Lançamentos mais recentes)

595.**Henrique V** – Shakespeare
596.**Fabulário geral do delírio cotidiano** – Bukowski
597.**Tiros na noite 1: A mulher do bandido** – Dashiell Hammett
598.**Snoopy em Feliz Dia dos Namorados! (2)** – Schulz
600.**Crime e castigo** – Dostoiévski
601.**Mistério no Caribe** – Agatha Christie
602.**Odisseia (2): Regresso** – Homero
603.**Piadas para sempre (2)** – Visconde da Casa Verde
604.**À sombra do vulcão** – Malcolm Lowry
605(8).**Kerouac** – Yves Buin
606.**E agora são cinzas** – Angeli
607.**As mil e uma noites** – Paulo Caruso
608.**Um assassino entre nós** – Ruth Rendell
609.**Crack-up** – F. Scott Fitzgerald
610.**Do amor** – Stendhal
611.**Cartas do Yage** – William Burroughs e Allen Ginsberg
612.**Striptiras (2)** – Laerte
613.**Henry & June** – Anaïs Nin
614.**A piscina mortal** – Ross Macdonald
615.**Geraldão (2)** – Glauco
616.**Tempo de delicadeza** – A. R. de Sant'Anna
617.**Tiros na noite 2: Medo de tiro** – Dashiell Hammett
618.**Snoopy em Assim é a vida, Charlie Brown! (3)** – Schulz
619.**1954 – Um tiro no coração** – Hélio Silva
620.**Sobre a inspiração poética (Íon)** e ... – Platão
621.**Garfield e seus amigos (8)** – Jim Davis
622.**Odisseia (3): Ítaca** – Homero
623.**A louca matança** – Chester Himes
624.**Factótum** – Bukowski
625.**Guerra e Paz: volume 1** – Tolstói
626.**Guerra e Paz: volume 2** – Tolstói
627.**Guerra e Paz: volume 3** – Tolstói
628.**Guerra e Paz: volume 4** – Tolstói
629(9).**Shakespeare** – Claude Mourthé
630.**Bem está o que bem acaba** – Shakespeare
631.**O contrato social** – Rousseau
632.**Geração Beat** – Jack Kerouac
633.**Snoopy: É Natal! (4)** – Charles Schulz
634.**Testemunha da acusação** – Agatha Christie
635.**Um elefante no caos** – Millôr Fernandes
636.**Guia de leitura (100 autores que você precisa ler)** – Organização de Léa Masina
637.**Pistoleiros também mandam flores** – David Coimbra
638.**O prazer das palavras** – vol. 1 – Cláudio Moreno
639.**O prazer das palavras** – vol. 2 – Cláudio Moreno
640.**Novíssimo testamento: com Deus e o diabo, a dupla da criação** – Iotti
641.**Literatura Brasileira: modos de usar** – Luís Augusto Fischer
642.**Dicionário de Porto-Alegrês** – Luís A. Fischer
643.**Clô Dias & Noites** – Sérgio Jockymann
644.**Memorial de Isla Negra** – Pablo Neruda
645.**Um homem extraordinário e outras histórias** – Tchékhov
646.**Ana sem terra** – Alcy Cheuiche
647.**Adultérios** – Woody Allen
651.**Snoopy: Posso fazer uma pergunta, professora? (5)** – Charles Schulz
652(10).**Luís XVI** – Bernard Vincent
653.**O mercador de Veneza** – Shakespeare
654.**Cancioneiro** – Fernando Pessoa
655.**Non-Stop** – Martha Medeiros
656.**Carpinteiros, levantem bem alto a cumeeira & Seymour, uma apresentação** – J.D.Salinger
657.**Ensaios céticos** – Bertrand Russell
658.**O melhor de Hagar 5** – Dik e Chris Browne
659.**Primeiro amor** – Ivan Turguêniev
660.**A trégua** – Mario Benedetti
661.**Um parque de diversões da cabeça** – Lawrence Ferlinghetti
662.**Aprendendo a viver** – Sêneca
663.**Garfield, um gato em apuros (9)** – Jim Davis
664.**Dilbert (1)** – Scott Adams
666.**A imaginação** – Jean-Paul Sartre
667.**O ladrão e os cães** – Naguib Mahfuz
669.**A volta do parafuso** *seguido de* **Daisy Miller** – Henry James
670.**Notas do subsolo** – Dostoiévski
671.**Abobrinhas da Brasilônia** – Glauco
672.**Geraldão (3)** – Glauco
673.**Piadas para sempre (3)** – Visconde da Casa Verde
674.**Duas viagens ao Brasil** – Hans Staden
676.**A arte da guerra** – Maquiavel
677.**Além do bem e do mal** – Nietzsche
678.**O coronel Chabert** *seguido de* **A mulher abandonada** – Balzac
679.**O sorriso de marfim** – Ross Macdonald
680.**100 receitas de pescados** – Sílvio Lancellotti
681.**O juiz e seu carrasco** – Friedrich Dürrenmatt
682.**Noites brancas** – Dostoiévski
683.**Quadras ao gosto popular** – Fernando Pessoa
685.**Kaos** – Millôr Fernandes
686.**A pele de onagro** – Balzac
687.**As ligações perigosas** – Choderlos de Laclos
689.**Os Lusíadas** – Luís Vaz de Camões
690(11).**Átila** – Éric Deschodt
691.**Um jeito tranquilo de matar** – Chester Himes
692.**A felicidade conjugal** *seguido de* **O diabo** – Tolstói
693.**Viagem de um naturalista ao redor do mundo** – vol. 1 – Charles Darwin
694.**Viagem de um naturalista ao redor do mundo** – vol. 2 – Charles Darwin
695.**Memórias da casa dos mortos** – Dostoiévski
696.**A Celestina** – Fernando de Rojas

697.**Snoopy: Como você é azarado, Charlie Brown! (6)** – Charles Schulz
698.**Dez (quase) amores** – Claudia Tajes
699.**Poirot sempre espera** – Agatha Christie
701.**Apologia de Sócrates** *precedido de* **Êutifron** e *seguido de* **Críton** – Platão
702.**Wood & Stock** – Angeli
703.**Striptiras (3)** – Laerte
704.**Discurso sobre a origem e os fundamentos da desigualdade entre os homens** – Rousseau
705.**Os duelistas** – Joseph Conrad
706.**Dilbert (2)** – Scott Adams
707.**Viver e escrever** (vol. 1) – Edla van Steen
708.**Viver e escrever** (vol. 2) – Edla van Steen
709.**Viver e escrever** (vol. 3) – Edla van Steen
710.**A teia da aranha** – Agatha Christie
711.**O banquete** – Platão
712.**Os belos e malditos** – F. Scott Fitzgerald
713.**Libelo contra a arte moderna** – Salvador Dalí
714.**Akropolis** – Valerio Massimo Manfredi
715.**Devoradores de mortos** – Michael Crichton
716.**Sob o sol da Toscana** – Frances Mayes
717.**Batom na cueca** – Nani
718.**Vida dura** – Claudia Tajes
719.**Carne trêmula** – Ruth Rendell
720.**Cris, a fera** – David Coimbra
721.**O anticristo** – Nietzsche
722.**Como um romance** – Daniel Pennac
723.**Emboscada no Forte Bragg** – Tom Wolfe
724.**Assédio sexual** – Michael Crichton
725.**O espírito do Zen** – Alan W.Watts
726.**Um bonde chamado desejo** – Tennessee Williams
727.**Como gostais** *seguido de* **Conto de inverno** – Shakespeare
728.**Tratado sobre a tolerância** – Voltaire
729.**Snoopy: Doces ou travessuras? (7)** – Charles Schulz
730.**Cardápios do Anonymus Gourmet** – J.A. Pinheiro Machado
731.**100 receitas com lata** – J.A. Pinheiro Machado
732.**Conhece o Mário?** vol.2 – Santiago
733.**Dilbert (3)** – Scott Adams
734.**História de um louco amor** *seguido de* **Passado amor** – Horacio Quiroga
735(11).**Sexo: muito prazer** – Laura Meyer da Silva
736(12).**Para entender o adolescente** – Dr. Ronald Pagnoncelli
737(13).**Desembarcando a tristeza** – Dr. Fernando Lucchese
738.**Poirot e o mistério da arca espanhola & outras histórias** – Agatha Christie
739.**A última legião** – Valerio Massimo Manfredi
741.**Sol nascente** – Michael Crichton
742.**Duzentos ladrões** – Dalton Trevisan
743.**Os devaneios do caminhante solitário** – Rousseau
744.**Garfield, o rei da preguiça (10)** – Jim Davis
745.**Os magnatas** – Charles R. Morris
746.**Pulp** – Charles Bukowski
747.**Enquanto agonizo** – William Faulkner
748.**Aline: viciada em sexo (3)** – Adão Iturrusgarai
749.**A dama do cachorrinho** – Anton Tchékhov
750.**Tito Andrônico** – Shakespeare
751.**Antologia poética** – Anna Akhmátova
752.**O melhor de Hagar 6** – Dik e Chris Browne
753(12).**Michelangelo** – Nadine Sautel
754.**Dilbert (4)** – Scott Adams
755.**O jardim das cerejeiras** *seguido de* **Tio Vânia** – Tchékhov
756.**Geração Beat** – Claudio Willer
757.**Santos Dumont** – Alcy Cheuiche
758.**Budismo** – Claude B. Levenson
759.**Cleópatra** – Christian-Georges Schwentzel
760. **Revolução Francesa** – Frédéric Bluche, Stéphane Rials e Jean Tulard
761.**A crise de 1929** – Bernard Gazier
762.**Sigmund Freud** – Edson Sousa e Paulo Endo
763.**Império Romano** – Patrick Le Roux
764.**Cruzadas** – Cécile Morrisson
765.**O mistério do Trem Azul** – Agatha Christie
768.**Senso comum** – Thomas Paine
769.**O parque dos dinossauros** – Michael Crichton
770.**Trilogia da paixão** – Goethe
773.**Snoopy: No mundo da lua! (8)** – Charles Schulz
774.**Os Quatro Grandes** – Agatha Christie
775.**Um brinde de cianureto** – Agatha Christie
776.**Súplicas atendidas** – Truman Capote
779.**A viúva imortal** – Millôr Fernandes
780.**Cabala** – Roland Goetschel
781.**Capitalismo** – Claude Jessua
782.**Mitologia grega** – Pierre Grimal
783.**Economia: 100 palavras-chave** – Jean-Paul Betbèze
784.**Marxismo** – Henri Lefebvre
785.**Punição para a inocência** – Agatha Christie
786.**A extravagância do morto** – Agatha Christie
787(13).**Cézanne** – Bernard Fauconnier
788.**A identidade Bourne** – Robert Ludlum
789.**Da tranquilidade da alma** – Sêneca
790.**Um artista da fome** *seguido de* **Na colônia penal e outras histórias** – Kafka
791.**Histórias de fantasmas** – Charles Dickens
796.**O Uraguai** – Basílio da Gama
797.**A mão misteriosa** – Agatha Christie
798.**Testemunha ocular do crime** – Agatha Christie
799.**Crepúsculo dos ídolos** – Friedrich Nietzsche
802.**O grande golpe** – Dashiell Hammett
803.**Humor barra pesada** – Nani
804.**Vinho** – Jean-François Gautier
805.**Egito Antigo** – Sophie Desplancques
806(14).**Baudelaire** – Jean-Baptiste Baronian
807.**Caminho da sabedoria, caminho da paz** – Dalai Lama e Felizitas von Schönborn
808.**Senhor e servo e outras histórias** – Tolstói
809.**Os cadernos de Malte Laurids Brigge** – Rilke
810.**Dilbert (5)** – Scott Adams
811.**Big Sur** – Jack Kerouac
812.**Seguindo a correnteza** – Agatha Christie
813.**O álibi** – Sandra Brown

814.**Montanha-russa** – Martha Medeiros
815.**Coisas da vida** – Martha Medeiros
816.**A cantada infalível** *seguido de* **A mulher do centroavante** – David Coimbra
819.**Snoopy: Pausa para a soneca (9)** – Charles Schulz
820.**De pernas pro ar** – Eduardo Galeano
821.**Tragédias gregas** – Pascal Thiercy
822.**Existencialismo** – Jacques Colette
823.**Nietzsche** – Jean Granier
824.**Amar ou depender?** – Walter Riso
825.**Darmapada: A doutrina budista em versos**
826.**J'Accuse...! – a verdade em marcha** – Zola
827.**Os crimes ABC** – Agatha Christie
828.**Um gato entre os pombos** – Agatha Christie
831.**Dicionário de teatro** – Luiz Paulo Vasconcellos
832.**Cartas extraviadas** – Martha Medeiros
833.**A longa viagem de prazer** – J. J. Morosoli
834.**Receitas fáceis** – J. A. Pinheiro Machado
835.(14).**Mais fatos & mitos** – Dr. Fernando Lucchese
836.(15).**Boa viagem!** – Dr. Fernando Lucchese
837.**Aline: Finalmente nua!!!** (4) – Adão Iturrusgarai
838.**Mônica tem uma novidade!** – Mauricio de Sousa
839.**Cebolinha em apuros!** – Mauricio de Sousa
840.**Sócios no crime** – Agatha Christie
841.**Bocas do tempo** – Eduardo Galeano
842.**Orgulho e preconceito** – Jane Austen
843.**Impressionismo** – Dominique Lobstein
844.**Escrita chinesa** – Viviane Alleton
845.**Paris: uma história** – Yvan Combeau
846(15).**Van Gogh** – David Haziot
848.**Portal do destino** – Agatha Christie
849.**O futuro de uma ilusão** – Freud
850.**O mal-estar na cultura** – Freud
853.**Um crime adormecido** – Agatha Christie
854.**Satori em Paris** – Jack Kerouac
855.**Medo e delírio em Las Vegas** – Hunter Thompson
856.**Um negócio fracassado e outros contos de humor** – Tchékhov
857.**Mônica está de férias!** – Mauricio de Sousa
858.**De quem é esse coelho?** – Mauricio de Sousa
860.**O mistério Sittaford** – Agatha Christie
861.**Manhã transfigurada** – L. A. de Assis Brasil
862.**Alexandre, o Grande** – Pierre Briant
863.**Jesus** – Charles Perrot
864.**Islã** – Paul Balta
865.**Guerra da Secessão** – Farid Ameur
866.**Um rio que vem da Grécia** – Cláudio Moreno
868.**Assassinato na casa do pastor** – Agatha Christie
869.**Manual do líder** – Napoleão Bonaparte
870(16).**Billie Holiday** – Sylvia Fol
871.**Bidu arrasando!** – Mauricio de Sousa
872.**Os Sousa: Desventuras em família** – Mauricio de Sousa
874.**E no final a morte** – Agatha Christie
875.**Guia prático do Português correto – vol. 4** – Cláudio Moreno
876.**Dilbert (6)** – Scott Adams
877(17).**Leonardo da Vinci** – Sophie Chauveau
878.**Bella Toscana** – Frances Mayes
879.**A arte da ficção** – David Lodge
880.**Striptiras (4)** – Laerte
881.**Skrotinhos** – Angeli
882.**Depois do funeral** – Agatha Christie
883.**Radicci 7** – Iotti
884.**Walden** – H. D. Thoreau
885.**Lincoln** – Allen C. Guelzo
886.**Primeira Guerra Mundial** – Michael Howard
887.**A linha de sombra** – Joseph Conrad
888.**O amor é um cão dos diabos** – Bukowski
890.**Despertar: uma vida de Buda** – Jack Kerouac
891(18).**Albert Einstein** – Laurent Seksik
892.**Hell's Angels** – Hunter Thompson
893.**Ausência na primavera** – Agatha Christie
894.**Dilbert (7)** – Scott Adams
895.**Ao sul de lugar nenhum** – Bukowski
896.**Maquiavel** – Quentin Skinner
897.**Sócrates** – C.C.W. Taylor
899.**O Natal de Poirot** – Agatha Christie
900.**As veias abertas da América Latina** – Eduardo Galeano
901.**Snoopy: Sempre alerta! (10)** – Charles Schulz
902.**Chico Bento: Plantando confusão** – Mauricio de Sousa
903.**Penadinho: Quem é morto sempre aparece** – Mauricio de Sousa
904.**A vida sexual da mulher feia** – Claudia Tajes
905.**100 segredos de liquidificador** – José Antonio Pinheiro Machado
906.**Sexo muito prazer 2** – Laura Meyer da Silva
907.**Os nascimentos** – Eduardo Galeano
908.**As caras e as máscaras** – Eduardo Galeano
909.**O século do vento** – Eduardo Galeano
910.**Poirot perde uma cliente** – Agatha Christie
911.**Cérebro** – Michael O'Shea
912.**O escaravelho de ouro e outras histórias** – Edgar Allan Poe
913.**Piadas para sempre (4)** – Visconde da Casa Verde
914.**100 receitas de massas light** – Helena Tonetto
915(19).**Oscar Wilde** – Daniel Salvatore Schiffer
916.**Uma breve história do mundo** – H. G. Wells
917.**A Casa do Penhasco** – Agatha Christie
919.**John M. Keynes** – Bernard Gazier
920(20).**Virginia Woolf** – Alexandra Lemasson
921.**Peter e Wendy** *seguido de* **Peter Pan em Kensington Gardens** – J. M. Barrie
922.**Aline: numas de colegial (5)** – Adão Iturrusgarai
923.**Uma dose mortal** – Agatha Christie
924.**Os trabalhos de Hércules** – Agatha Christie
926.**Kant** – Roger Scruton
927.**A inocência do Padre Brown** – G.K. Chesterton
928.**Casa Velha** – Machado de Assis
929.**Marcas de nascença** – Nancy Huston
930.**Aulete de bolso**
931.**Hora Zero** – Agatha Christie
932.**Morte na Mesopotâmia** – Agatha Christie
934.**Nem te conto, João** – Dalton Trevisan

35.**As aventuras de Huckleberry Finn** – Mark Twain
36(21).**Marilyn Monroe** – Anne Plantagenet
37.**China moderna** – Rana Mitter
38.**Dinossauros** – David Norman
39.**Louca por homem** – Claudia Tajes
40.**Amores de alto risco** – Walter Riso
41.**Jogo de damas** – David Coimbra
42.**Filha é filha** – Agatha Christie
43.**M ou N?** – Agatha Christie
45.**Bidu: diversão em dobro!** – Mauricio de Sousa
46.**Fogo** – Anaïs Nin
47.**Rum: diário de um jornalista bêbado** – Hunter Thompson
48.**Persuasão** – Jane Austen
49.**Lágrimas na chuva** – Sergio Faraco
50.**Mulheres** – Bukowski
51.**Um pressentimento funesto** – Agatha Christie
52.**Cartas na mesa** – Agatha Christie
54.**O lobo do mar** – Jack London
55.**Os gatos** – Patricia Highsmith
56(22).**Jesus** – Christiane Rancé
57.**História da medicina** – William Bynum
58.**O Morro dos Ventos Uivantes** – Emily Brontë
59.**A filosofia na era trágica dos gregos** – Nietzsche
60.**Os treze problemas** – Agatha Christie
61.**A massagista japonesa** – Moacyr Scliar
63.**Humor do miserê** – Nani
964.**Todo o mundo tem dúvida, inclusive você** – Édison de Oliveira
965.**A dama do Bar Nevada** – Sergio Faraco
969.**O psicopata americano** – Bret Easton Ellis
970.**Ensaios de amor** – Alain de Botton
971.**O grande Gatsby** – F. Scott Fitzgerald
972.**Por que não sou cristão** – Bertrand Russell
973.**A Casa Torta** – Agatha Christie
974.**Encontro com a morte** – Agatha Christie
975(23).**Rimbaud** – Jean-Baptiste Baronian
976.**Cartas na rua** – Bukowski
977.**Memória** – Jonathan K. Foster
978.**A abadia de Northanger** – Jane Austen
979.**As pernas de Úrsula** – Claudia Tajes
980.**Retrato inacabado** – Agatha Christie
981.**Solanin (1)** – Inio Asano
982.**Solanin (2)** – Inio Asano
983.**Aventuras de menino** – Mitsuru Adachi
984(16).**Fatos & mitos sobre sua alimentação** – Dr. Fernando Lucchese
985.**Teoria quântica** – John Polkinghorne
986.**O eterno marido** – Fiódor Dostoiévski
987.**Um safado em Dublin** – J. P. Donleavy
988.**Mirinha** – Dalton Trevisan
989.**Akhenaton e Nefertiti** – Carmen Seganfredo e A. S. Franchini
990.**On the Road – o manuscrito original** – Jack Kerouac
991.**Relatividade** – Russell Stannard
992.**Abaixo de zero** – Bret Easton Ellis
993(24).**Andy Warhol** – Mériam Korichi
995.**Os últimos casos de Miss Marple** – Agatha Christie
996.**Nico Demo: Aí vem encrenca** – Mauricio de Sousa
998.**Rousseau** – Robert Wokler
999.**Noite sem fim** – Agatha Christie
1000.**Diários de Andy Warhol (1)** – Editado por Pat Hackett
1001.**Diários de Andy Warhol (2)** – Editado por Pat Hackett
1002.**Cartier-Bresson: o olhar do século** – Pierre Assouline
1003.**As melhores histórias da mitologia: vol. 1** – A.S. Franchini e Carmen Seganfredo
1004.**As melhores histórias da mitologia: vol. 2** – A.S. Franchini e Carmen Seganfredo
1005.**Assassinato no beco** – Agatha Christie
1006.**Convite para um homicídio** – Agatha Christie
1008.**História da vida** – Michael J. Benton
1009.**Jung** – Anthony Stevens
1010.**Arsène Lupin, ladrão de casaca** – Maurice Leblanc
1011.**Dublinenses** – James Joyce
1012.**120 tirinhas da Turma da Mônica** – Mauricio de Sousa
1013.**Antologia poética** – Fernando Pessoa
1014.**A aventura de um cliente ilustre** ***seguido de*** **O último adeus de Sherlock Holmes** – Sir Arthur Conan Doyle
1015.**Cenas de Nova York** – Jack Kerouac
1016.**A corista** – Anton Tchékhov
1017.**O diabo** – Leon Tolstói
1018.**Fábulas chinesas** – Sérgio Capparelli e Márcia Schmaltz
1019.**O gato do Brasil** – Sir Arthur Conan Doyle
1020.**Missa do Galo** – Machado de Assis
1021.**O mistério de Marie Rogêt** – Edgar Allan Poe
1022.**A mulher mais linda da cidade** – Bukowski
1023.**O retrato** – Nicolai Gogol
1024.**O conflito** – Agatha Christie
1025.**Os primeiros casos de Poirot** – Agatha Christie
1027(25).**Beethoven** – Bernard Fauconnier
1028.**Platão** – Julia Annas
1029.**Cleo e Daniel** – Roberto Freire
1030.**Til** – José de Alencar
1031.**Viagens na minha terra** – Almeida Garrett
1032.**Profissões para mulheres e outros artigos feministas** – Virginia Woolf
1033.**Mrs. Dalloway** – Virginia Woolf
1034.**O cão da morte** – Agatha Christie
1035.**Tragédia em três atos** – Agatha Christie
1037.**O fantasma da Ópera** – Gaston Leroux
1038.**Evolução** – Brian e Deborah Charlesworth
1039.**Medida por medida** – Shakespeare
1040.**Razão e sentimento** – Jane Austen
1041.**A obra-prima ignorada** ***seguido de*** **Um episódio durante o Terror** – Balzac
1042.**A fugitiva** – Anaïs Nin
1043.**As grandes histórias da mitologia greco-romana** – A. S. Franchini
1044.**O corno de si mesmo & outras historietas** – Marquês de Sade
1045.**Da felicidade** ***seguido de*** **Da vida retirada** – Sêneca

1046.**O horror em Red Hook e outras histórias** – H. P. Lovecraft
1047.**Noite em claro** – Martha Medeiros
1048.**Poemas clássicos chineses** – Li Bai, Du Fu e Wang Wei
1049.**A terceira moça** – Agatha Christie
1050.**Um destino ignorado** – Agatha Christie
1051(26).**Buda** – Sophie Royer
1052.**Guerra Fria** – Robert J. McMahon
1053.**Simons's Cat: as aventuras de um gato travesso e comilão – vol. 1** – Simon Tofield
1054.**Simons's Cat: as aventuras de um gato travesso e comilão – vol. 2** – Simon Tofield
1055.**Só as mulheres e as baratas sobreviverão** – Claudia Tajes
1057.**Pré-história** – Chris Gosden
1058.**Pintou sujeira!** – Mauricio de Sousa
1059.**Contos de Mamãe Gansa** – Charles Perrault
1060.**A interpretação dos sonhos: vol. 1** – Freud
1061.**A interpretação dos sonhos: vol. 2** – Freud
1062.**Frufru Rataplã Dolores** – Dalton Trevisan
1063.**As melhores histórias da mitologia egípcia** – Carmem Seganfredo e A.S. Franchini
1064.**Infância. Adolescência. Juventude** – Tolstói
1065.**As consolações da filosofia** – Alain de Botton
1066.**Diários de Jack Kerouac – 1947-1954**
1067.**Revolução Francesa – vol. 1** – Max Gallo
1068.**Revolução Francesa – vol. 2** – Max Gallo
1069.**O detetive Parker Pyne** – Agatha Christie
1070.**Memórias do esquecimento** – Flávio Tavares
1071.**Drogas** – Leslie Iversen
1072.**Manual de ecologia (vol.2)** – J. Lutzenberger
1073.**Como andar no labirinto** – Affonso Romano de Sant'Anna
1074.**A orquídea e o serial killer** – Juremir Machado da Silva
1075.**Amor nos tempos de fúria** – Lawrence Ferlinghetti
1076.**A aventura do pudim de Natal** – Agatha Christie
1078.**Amores que matam** – Patricia Faur
1079.**Histórias de pescador** – Mauricio de Sousa
1080.**Pedaços de um caderno manchado de vinho** – Bukowski
1081.**A ferro e fogo: tempo de solidão (vol.1)** – Josué Guimarães
1082.**A ferro e fogo: tempo de guerra (vol.2)** – Josué Guimarães
1084(17).**Desembarcando o Alzheimer** – Dr. Fernando Lucchese e Dra. Ana Hartmann
1085.**A maldição do espelho** – Agatha Christie
1086.**Uma breve história da filosofia** – Nigel Warburton
1088.**Heróis da História** – Will Durant
1089.**Concerto campestre** – L. A. de Assis Brasil
1090.**Morte nas nuvens** – Agatha Christie
1092.**Aventura em Bagdá** – Agatha Christie
1093.**O cavalo amarelo** – Agatha Christie
1094.**O método de interpretação dos sonhos** – Freud
1095.**Sonetos de amor e desamor** – Vários
1096.**120 tirinhas do Dilbert** – Scott Adams
1097.**200 fábulas de Esopo**
1098.**O curioso caso de Benjamin Button** – F. Sco[tt] Fitzgerald
1099.**Piadas para sempre: uma antologia par[a] morrer de rir** – Visconde da Casa Verde
1100.**Hamlet (Mangá)** – Shakespeare
1101.**A arte da guerra (Mangá)** – Sun Tzu
1104.**As melhores histórias da Bíblia (vol.1)** – A. S. Franchini e Carmen Seganfredo
1105.**As melhores histórias da Bíblia (vol.2)** – A. S. Franchini e Carmen Seganfredo
1106.**Psicologia das massas e análise do eu** – Freu[d]
1107.**Guerra Civil Espanhola** – Helen Graham
1108.**A autoestrada do sul e outras histórias** – Julio Cortázar
1109.**O mistério dos sete relógios** – Agatha Christi[e]
1110.**Peanuts: Ninguém gosta de mim... (amor** – Charles Schulz
1111.**Cadê o bolo?** – Mauricio de Sousa
1112.**O filósofo ignorante** – Voltaire
1113.**Totem e tabu** – Freud
1114.**Filosofia pré-socrática** – Catherine Osborne
1115.**Desejo de status** – Alain de Botton
1118.**Passageiro para Frankfurt** – Agatha Christie
1120.**Kill All Enemies** – Melvin Burgess
1121.**A morte da sra. McGinty** – Agatha Christie
1122.**Revolução Russa** – S. A. Smith
1123.**Até você, Capitu?** – Dalton Trevisan
1124.**O grande Gatsby (Mangá)** – F. S. Fitzgerald
1125.**Assim falou Zaratustra (Mangá)** – Nietzsche
1126. **Peanuts: É para isso que servem os amigos (amizade)** – Charles Schulz
1127(27).**Nietzsche** – Dorian Astor
1128.**Bidu: Hora do banho** – Mauricio de Sousa
1129.**O melhor do Macanudo Taurino** – Santiago
1130.**Radicci 30 anos** – Iotti
1131.**Show de sabores** – J.A. Pinheiro Machado
1132.**O prazer das palavras** – vol. 3 – Cláudio Moreno
1133.**Morte na praia** – Agatha Christie
1134.**O fardo** – Agatha Christie
1135.**Manifesto do Partido Comunista (Mangá)** – Marx & Engels
1136.**A metamorfose (Mangá)** – Franz Kafka
1137.**Por que você não se casou... ainda** – Tracy McMillan
1138.**Textos autobiográficos** – Bukowski
1139.**A importância de ser prudente** – Oscar Wilde
1140.**Sobre a vontade na natureza** – Arthur Schopenhauer
1141.**Dilbert (8)** – Scott Adams
1142.**Entre dois amores** – Agatha Christie
1143.**Cipreste triste** – Agatha Christie
1144.**Alguém viu uma assombração?** – Mauricio de Sousa
1145.**Mandela** – Elleke Boehmer
1146.**Retrato do artista quando jovem** – James Joyce
1147.**Zadig ou o destino** – Voltaire
1148.**O contrato social (Mangá)** – J.-J. Rousseau
1149.**Garfield fenomenal** – Jim Davis
1150.**A queda da América** – Allen Ginsberg
1151.**Música na noite & outros ensaios** – Aldous Huxley

1152.**Poesias inéditas & Poemas dramáticos** – Fernando Pessoa
1153.**Peanuts: Felicidade é...** – Charles M. Schulz
1154.**Mate-me por favor** – Legs McNeil e Gillian McCain
1155.**Assassinato no Expresso Oriente** – Agatha Christie
1156.**Um punhado de centeio** – Agatha Christie
1157.**A interpretação dos sonhos (Mangá)** – Freud
1158.**Peanuts: Você não entende o sentido da vida** – Charles M. Schulz
1159.**A dinastia Rothschild** – Herbert R. Lottman
1160.**A Mansão Hollow** – Agatha Christie
1161.**Nas montanhas da loucura** – H.P. Lovecraft
1162(28).**Napoleão Bonaparte** – Pascale Fautrier
1163.**Um corpo na biblioteca** – Agatha Christie
1164.**Inovação** – Mark Dodgson e David Gann
1165.**O que toda mulher deve saber sobre os homens: a afetividade masculina** – Walter Riso
1166.**O amor está no ar** – Mauricio de Sousa
1167.**Testemunha de acusação & outras histórias** – Agatha Christie
1168.**Etiqueta de bolso** – Celia Ribeiro
1169.**Poesia reunida (volume 3)** – Affonso Romano de Sant'Anna
1170.**Emma** – Jane Austen
1171.**Que seja em segredo** – Ana Miranda
1172.**Garfield sem apetite** – Jim Davis
1173.**Garfield: Foi mal...** – Jim Davis
1174.**Os irmãos Karamázov (Mangá)** – Dostoiévski
1175.**O Pequeno Príncipe** – Antoine de Saint-Exupéry
1176.**Peanuts: Ninguém mais tem o espírito aventureiro** – Charles M. Schulz
1177.**Assim falou Zaratustra** – Nietzsche
1178.**Morte no Nilo** – Agatha Christie
1179.**Ê, soneca boa** – Mauricio de Sousa
1180.**Garfield a todo o vapor** – Jim Davis
1181.**Em busca do tempo perdido (Mangá)** – Proust
1182.**Cai o pano: o último caso de Poirot** – Agatha Christie
1183.**Livro para colorir e relaxar** – Livro 1
1184.**Para colorir sem parar**
1185.**Os elefantes não esquecem** – Agatha Christie
1186.**Teoria da relatividade** – Albert Einstein
1187.**Compêndio da psicanálise** – Freud
1188.**Visões de Gerard** – Jack Kerouac
1189.**Fim de verão** – Mohiro Kitoh
1190.**Procurando diversão** – Mauricio de Sousa
1191.**E não sobrou nenhum e outras peças** – Agatha Christie
1192.**Ansiedade** – Daniel Freeman & Jason Freeman
1193.**Garfield: pausa para o almoço** – Jim Davis
1194.**Contos do dia e da noite** – Guy de Maupassant
1195.**O melhor de Hagar 7** – Dik Browne
1196(29).**Lou Andreas-Salomé** – Dorian Astor
1197(30).**Pasolini** – René de Ceccatty
1198.**O caso do Hotel Bertram** – Agatha Christie
1199.**Crônicas de motel** – Sam Shepard
1200.**Pequena filosofia da paz interior** – Catherine Rambert
1201.**Os sertões** – Euclides da Cunha
1202.**Treze à mesa** – Agatha Christie
1203.**Bíblia** – John Riches
1204.**Anjos** – David Albert Jones
1205.**As tirinhas do Guri de Uruguaiana 1** – Jair Kobe
1206.**Entre aspas (vol.1)** – Fernando Eichenberg
1207.**Escrita** – Andrew Robinson
1208.**O spleen de Paris: pequenos poemas em prosa** – Charles Baudelaire
1209.**Satíricon** – Petrônio
1210.**O avarento** – Molière
1211.**Queimando na água, afogando-se na chama** – Bukowski
1212.**Miscelânea septuagenária: contos e poemas** – Bukowski
1213.**Que filosofar é aprender a morrer e outros ensaios** – Montaigne
1214.**Da amizade e outros ensaios** – Montaigne
1215.**O medo à espreita e outras histórias** – H.P. Lovecraft
1216.**A obra de arte na era de sua reprodutibilidade técnica** – Walter Benjamin
1217.**Sobre a liberdade** – John Stuart Mill
1218.**O segredo de Chimneys** – Agatha Christie
1219.**Morte na rua Hickory** – Agatha Christie
1220.**Ulisses (Mangá)** – James Joyce
1221.**Ateísmo** – Julian Baggini
1222.**Os melhores contos de Katherine Mansfield** – Katherine Mansfied
1223(31).**Martin Luther King** – Alain Foix
1224.**Millôr Definitivo: uma antologia de *A Bíblia do Caos*** – Millôr Fernandes
1225.**O Clube das Terças-Feiras e outras histórias** – Agatha Christie
1226.**Por que sou tão sábio** – Nietzsche
1227.**Sobre a mentira** – Platão
1228.**Sobre a leitura** ***seguido do*** **Depoimento de Céleste Albaret** – Proust
1229.**O homem do terno marrom** – Agatha Christie
1230(32).**Jimi Hendrix** – Franck Médioni
1231.**Amor e amizade e outras histórias** – Jane Austen
1232.**Lady Susan, Os Watson e Sanditon** – Jane Austen
1233.**Uma breve história da ciência** – William Bynum
1234.**Macunaíma: o herói sem nenhum caráter** – Mário de Andrade
1235.**A máquina do tempo** – H.G. Wells
1236.**O homem invisível** – H.G. Wells
1237.**Os 36 estratagemas: manual secreto da arte da guerra** – Anônimo
1238.**A mina de ouro e outras histórias** – Agatha Christie
1239.**Pic** – Jack Kerouac
1240.**O habitante da escuridão e outros contos** – H.P. Lovecraft
1241.**O chamado de Cthulhu e outros contos** – H.P. Lovecraft

1242.**O melhor de Meu reino por um cavalo!** – Edição de Ivan Pinheiro Machado
1243.**A guerra dos mundos** – H.G. Wells
1244.**O caso da criada perfeita e outras histórias** – Agatha Christie
1245.**Morte por afogamento e outras histórias** – Agatha Christie
1246.**Assassinato no Comitê Central** – Manuel Vázquez Montalbán
1247.**O papai é pop** – Marcos Piangers
1248.**O papai é pop 2** – Marcos Piangers
1249.**A mamãe é rock** – Ana Cardoso
1250.**Paris boêmia** – Dan Franck
1251.**Paris libertária** – Dan Franck
1252.**Paris ocupada** – Dan Franck
1253.**Uma anedota infame** – Dostoiévski
1254.**O último dia de um condenado** – Victor Hugo
1255.**Nem só de caviar vive o homem** – J.M. Simmel
1256.**Amanhã é outro dia** – J.M. Simmel
1257.**Mulherzinhas** – Louisa May Alcott
1258.**Reforma Protestante** – Peter Marshall
1259.**História econômica global** – Robert C. Allen
1260(33).**Che Guevara** – Alain Foix
1261.**Câncer** – Nicholas James
1262.**Akhenaton** – Agatha Christie
1263.**Aforismos para a sabedoria de vida** – Arthur Schopenhauer
1264.**Uma história do mundo** – David Coimbra
1265.**Ame e não sofra** – Walter Riso
1266.**Desapegue-se!** – Walter Riso
1267.**Os Sousa: Uma famíla do barulho** – Mauricio de Sousa
1268.**Nico Demo: O rei da travessura** – Mauricio de Sousa
1269.**Testemunha de acusação e outras peças** – Agatha Christie
1270(34).**Dostoiévski** – Virgil Tanase
1271.**O melhor de Hagar 8** – Dik Browne
1272.**O melhor de Hagar 9** – Dik Browne
1273.**O melhor de Hagar 10** – Dik e Chris Browne
1274.**Considerações sobre o governo representativo** – John Stuart Mill
1275.**O homem Moisés e a religião monoteísta** – Freud
1276.**Inibição, sintoma e medo** – Freud
1277.**Além do princípio de prazer** – Freud
1278.**O direito de dizer não!** – Walter Riso
1279.**A arte de ser flexível** – Walter Riso
1280.**Casados e descasados** – August Strindberg
1281.**Da Terra à Lua** – Júlio Verne
1282.**Minhas galerias e meus pintores** – Kahnweiler
1283.**A arte do romance** – Virginia Woolf
1284.**Teatro completo v. 1: As aves da noite** ***seguido de*** **O visitante** – Hilda Hilst
1285.**Teatro completo v. 2: O verdugo** ***seguido de*** **A morte do patriarca** – Hilda Hilst
1286.**Teatro completo v. 3: O rato no muro** ***seguido de*** **Auto da barca de Camiri** – Hilda Hilst
1287.**Teatro completo v. 4: A empresa** ***seguido de*** **O novo sistema** – Hilda Hilst
1288.**Sapiens: Uma breve história da humanidade** Yuval Noah Harari
1289.**Fora de mim** – Martha Medeiros
1290.**Divã** – Martha Medeiros
1291.**Sobre a genealogia da moral: um escri polêmico** – Nietzsche
1292.**A consciência de Zeno** – Italo Svevo
1293.**Células-tronco** – Jonathan Slack
1294.**O fim do ciúme e outros contos** – Proust
1295.**A jangada** – Júlio Verne
1296.**A ilha do dr. Moreau** – H.G. Wells
1297.**Ninho de fidalgos** – Ivan Turguêniev
1298.**Jane Eyre** – Charlotte Brontë
1299.**Sobre gatos** – Bukowski
1300.**Sobre o amor** – Bukowski
1301.**Escrever para não enlouquecer** – Bukowski
1302.**222 receitas** – J. A. Pinheiro Machado
1303.**Reinações de Narizinho** – Monteiro Lobatc
1304.**O Saci** – Monteiro Lobato
1305.**Memórias da Emília** – Monteiro Lobato
1306.**O Picapau Amarelo** – Monteiro Lobato
1307.**A reforma da Natureza** – Monteiro Lobato
1308.**Fábulas** ***seguido de*** **Histórias diversas** Monteiro Lobato
1309.**Aventuras de Hans Staden** – Monteiro Lobato
1310.**Peter Pan** – Monteiro Lobato
1311.**Dom Quixote das crianças** – Monteiro Lobato
1312.**O Minotauro** – Monteiro Lobato
1313.**Um quarto só seu** – Virginia Woolf
1314.**Sonetos** – Shakespeare
1315(35).**Thoreau** – Marie Berthoumieu e Laur El Makki
1316.**Teoria da arte** – Cynthia Freeland
1317.**A arte da prudência** – Baltasar Gracián
1318.**O louco** ***seguido de*** **Areia e espuma** – Khal Gibran
1319.**O profeta** ***seguido de*** **O jardim do profet** – Khalil Gibran
1320.**Jesus, o Filho do Homem** – Khalil Gibran
1321.**A luta** – Norman Mailer
1322.**Sobre o sofrimento do mundo e outros ensaios** – Schopenhauer
1323.**Epidemiologia** – Rodolfo Saracci
1324.**Japão moderno** – Christopher Goto-Jones
1325.**A arte da meditação** – Matthieu Ricard
1326.**O adversário secreto** – Agatha Christie
1327.**Pollyanna** – Eleanor H. Porter
1328.**Espelhos** – Eduardo Galeano
1329.**A Vênus das peles** – Sacher-Masoch
1330.**O 18 de brumário de Luís Bonaparte** – Karl Marx
1331.**Um jogo para os vivos** – Patricia Highsmith
1332.**A tristeza pode esperar** – J.J. Camargo
1333.**Vinte poemas de amor e uma canção desesperada** – Pablo Neruda
1334.**Judaísmo** – Norman Solomon
1335.**Esquizofrenia** – Christopher Frith & Eve Johnstone
1336.**Seis personagens em busca de um autor** – Luigi Pirandello

IMPRESSÃO:

PALLOTTI
GRÁFICA

Santa Maria - RS | Fone: (55) 3220.4500
www.graficapallotti.com.br